UNE COMPAGNE CONVOITÉE

LA FIÈVRE DES OURS, TOME 1

VIVIAN AREND

The Bear's Chosen Mate / Une compagne convoitée

ISBN : 9781989507360

Traduit par Marine Sander pour Valentin Translation

Conception de la couverture © Damonza

Du bureau de Giles Borealis, Sr.
DATE : Le 21 mars
À :
Cooper Borealis
Alex Borealis
James Borealis

*M*es très chers petits-fils,
D'ici la fin de l'année, je célébrerai mon quatre-vingt-cinquième anniversaire. Je sais que vous souhaitez tous trouver le cadeau parfait pour moi. Je dois dire que, jusqu'à présent, vous êtes les meilleurs cadeaux que j'aurais jamais pu avoir. Vous avez grandi et êtes devenus intelligents et forts, avec un véritable sens des affaires et une ambition impitoyable qui me rend fier. Les Joyaux Borealis sont en plein essor grâce à vous.

Vous êtes également les idiots les plus bornés et tenaces à qui j'ai jamais eu affaire.

Me dire que vous souhaitez vous concentrer sur les affaires et que trouver une compagne peut attendre, ça a l'air impressionnant, mais nous savons tous qu'il s'agit d'un ramassis de conneries. Il est grand temps de vous bouger un peu. Je veux tenir mes arrière-petits-enfants dans mes bras avant de mourir, un sentiment pleinement partagé avec votre grand-mère, ainsi qu'avec vos parents, même s'ils sont actuellement à l'étranger.

Têtes de mules que vous êtes, année après année, vous résistez à la fièvre d'accouplement lorsqu'elle se produit. Maintenant, il suffit.

Il reste neuf mois avant mon anniversaire. C'est le temps dont vous disposez pour choisir une compagne, mes garçons, ou d'ici le réveillon de la Saint-Sylvestre, je m'arrangerai pour vendre mes actions des Joyaux Borealis à Minuit Inc., et aucun d'entre nous ne le souhaite, n'est-ce pas ?

Lorsque la fièvre d'accouplement arrivera cette fois-ci, ce sera à vous de décider. Vous pouvez rendre heureux un vieil homme (ainsi que votre grand-mère, n'oubliez pas Mamie !), prendre la pleine propriété d'une société multimilliardaire et vivre des moments inoubliables avec une compagne éternelle... ou vous pouvez tout envoyer en l'air. C'est votre choix.

Ne faites pas le mauvais.
Cordialement,

Votre grand-père qui souffre depuis si longtemps,
Giles Borealis, Sr.

❧

DANS LE BUREAU privé au-dessus de la taverne des Diamants, trois fauteuils en cuir confortables trônaient autour d'une table démesurée. Perché sur le bord de son siège habituel, James Borealis laissa la lettre écrite à la main retomber de ses doigts sur la surface de la table en bois. Il remplaça immédiatement le message inattendu par un verre, inclina le whisky et but à grandes gorgées, comme s'il pouvait effacer le goût amer que l'annonce avait laissé dans sa bouche.

— C'est n'importe quoi, vociféra le frère cadet, sa peau mordorée rougie par la colère.

Alex passa la main dans ses cheveux coupés en brosse

dans le style militaire, laissant les mèches foncées dressées sur sa tête. Il saisit son verre et imita James, descendant rapidement son contenu.

Ils échangèrent un regard avant de poser brutalement leurs verres en même temps, puis se tournèrent pour observer la réaction de leur frère aîné.

C'était Cooper qui les avait réunis pour ouvrir ensemble la missive élégamment écrite par leur grand-père Giles. Cooper était celui vers lequel ils s'étaient toujours tournés pour recevoir des conseils. Comme leurs parents voyageaient à l'étranger, il était PDG par intérim pour les Joyaux Borealis. Avec sa licence en droit et son perfectionnisme immodéré, il avait aidé l'entreprise à se développer d'innombrables manières au cours de la courte période pendant laquelle il avait été aux commandes.

À présent, son expression était calme et sereine, bien plus que James n'aurait pu parvenir à l'être – et pourtant, c'était habituellement lui le visage calme et serein de l'entreprise familiale. Il adorait la promotion et le marketing, et c'était avec fierté qu'il avait repris ce qui avait été la spécialité de sa mère pendant de nombreuses années. Charmant, il pouvait l'être. Éloquent, c'était tout à fait lui. En temps normal.

Sauf en ce moment même.

L'exigence déraisonnable formulée par leur grand-père pénétrait ses pensées, le laissant psychologiquement abasourdi. Une date butoir pour s'accoupler ? Mais qui imposait ce genre de choses ?

— Tu penses qu'il est sérieux ? demanda Alex.

— Il n'a jamais eu de problème avec le fait que nous soyons célibataires auparavant, répondit James immédiatement. Et qu'est-ce que c'est que ces salades,

« année après année » et « vous résistez à la fièvre d'accouplement » ? Peut-être que c'est vrai pour vous deux, mais moi, je n'ai que vingt-six ans. La fièvre d'accouplement ne m'est arrivée qu'une fois jusqu'à présent, et je n'étais certainement pas prêt à me caser l'an dernier. Ni cette année, d'ailleurs, se plaignit-il. Je me suis terré pour la semaine en attendant que ça passe, comme tout mâle sain d'esprit.

— De la même façon que nous avons agi, Cooper et moi, « année après année », remarqua Alex. Papy n'a pas tort quand il dit que nous ne voulons pas que le sort contrôle nos destins.

Cooper leva le verre qu'il avait à la main, faisant tournoyer le liquide tout en fixant du regard sa couleur ambrée. Ses cheveux noirs étaient parsemés de mèches blond platine reflétant la lumière tardive du soleil hivernal qui pénétrait dans la pièce au-dessus de la taverne des Diamants, le pub que James gérait en parallèle des mines familiales.

— Grand-père vieillit. Qui sait ce qui a provoqué ce changement ? La vérité, c'est qu'il nous a lancé un ultimatum. Maintenant, nous devons décider ce que nous allons faire à ce sujet.

Le sang-froid absolu de Cooper face à cette demande excessive calma suffisamment l'état de panique de James pour qu'il puisse s'exprimer calmement :

— Grand-père ne vendrait pas l'entreprise familiale à la concurrence.

Son grand frère haussa un sourcil.

Il se trompait. Ce vieux grincheux n'hésiterait pas, au contraire, rien que pour les provoquer.

— Heureusement que j'aime ce vieil homme, sinon je

pourrais être tenté de lui arracher la tête des épaules, grommela James.

— C'est de lui que nous vient notre côté têtu, commenta Cooper avec amusement.

Alex marqua une pause, ajustant brièvement sa position pour atteindre sa poche arrière et en retirer ses menottes avant de les jeter sur la table. Il étira alors les jambes, s'adossant contre le cuir rembourré de qualité tel un roi sur son trône, les bras ouverts sur les accoudoirs. Même affalé, il gardait une allure de prédateur. Chef de sécurité pour la famille, Alex était redoutable et fatal. Il n'était pas que du muscle, cependant. Son esprit était vif comme l'éclair et trop souvent sous-estimé, aux risques et périls de l'ennemi.

— Quelle est la stratégie, alors ? Je ne compte pas laisser notre entreprise finir entre les griffes de la famille Lazuli.

Un peu intense, pas vrai ? L'éclat de son frère aîné était exagéré, mais James avait ses propres préoccupations. Vingt-six ans, c'était bien trop jeune pour s'installer.

La fièvre d'accouplement touchait tous les ours polaires métamorphes dans la force de l'âge, une fois par an. Pour les couples heureux, cela donnait lieu à une semaine d'ébats sexuels merveilleux.

Pour les mâles non accouplés, la pulsion sauvage les poussait tout de même vers des exploits sexuels ardents. C'était ainsi que la nature encourageait l'apparition de liens permanents, car même si les gens tombaient amoureux tout au long de l'année, les accouplements ne se produisaient que pendant la fièvre.

En bonus – ou pas –, la fièvre ne touchait pas que les mâles, mais elle affectait aussi les femelles qui les entouraient, favorisant leur réaction naturelle. La fièvre ne ferait pas dire oui à une femme qui voulait refuser, mais elle pouvait multiplier par dix une attirance préexistante. Comme une prime agréable qui rendait la situation plus amusante pour tout le monde.

Une semaine à faire des folies de son corps ? Ce n'était pas un problème habituellement. Mais aucun mâle souhaitant rester célibataire ne traînait de son plein gré auprès des dames lorsque la fièvre se produisait. C'était trop risqué.

S'il y avait une bonne compatibilité, d'après les normes incompréhensibles décrétées par l'ordre d'accouplement des ours polaires, entièrement dictées par le sort, cette semaine de sexe était le début de la fin. Comme dans un mariage forcé, ils seraient coincés l'un avec l'autre pour toujours.

Non. Le seul impact de l'accouplement que James pouvait voir sur sa vie, c'était un lourd fardeau sur son emploi du temps.

Il ne voulait pas d'une compagne. Il n'avait pas besoin de quelqu'un qui le ralentisse et qui contrôle ce qu'il faisait. Sans parler des risques de se reproduire. *Double frisson.* S'il y avait une façon d'échapper à cela tout en répondant aux exigences de leur grand-père, Giles, il était partant.

Cela dit, si je devais passer le reste de ma vie avec une seule femme...

Il chassa cette pensée, comme il l'avait fait un million de fois au fil des années. Il refusait d'envisager Kaylee sous cet angle, peu importe à quel point l'ours en lui insistait pour lui donner des idées perverses.

— C'est tout simple, annonça Alex. On laisse James le faire.

L'indignation était un bon moyen d'éviter la vérité qui résonnait toujours dans ses pensées.

— Ferme-la. Je ne veux pas encore me caser, et je suis le plus jeune. Si ça doit être quelqu'un, c'est à Cooper de prendre son courage à deux mains et de perpétuer la lignée Borealis.

Alex sourit. Cette option le laissait en dehors de l'histoire.

— Il marque un point...

— Je pense qu'on devrait voir ce qui se produit et laisser la nature en décider, l'interrompit Cooper.

Il but avidement, terminant son whisky, et reposa son verre sur la table dans un petit tintement.

— Nous ne pouvons pas savoir quand la fièvre d'accouplement se produira la prochaine fois ni qui elle touchera. Je suggère que nous soyons tous d'accord cette fois pour la laisser simplement suivre son cours. Il y a une chose que Grand-père n'a pas prise en compte : la fièvre d'accouplement n'est pas une garantie. Elle est censée augmenter les probabilités de s'accoupler, mais si l'on ne se trouve pas avec son amour éternel, rien ne se produira à part une semaine d'éclate.

James fixa Cooper à mesure que l'implacable vérité s'installait.

— Tu as... raison.

Son grand-frère éclata de rire.

— N'aie pas l'air aussi choqué.

Alex se pencha en avant, les coudes posés sur ses genoux et ses yeux étincelants. Il y réfléchissait.

— Donc... dès que nous sentirons la fièvre arriver, nous aurons besoin d'être seuls avec quelqu'un qui nous attire, mais qui n'est pas notre compagne définitive.

— Avec toi, ça paraît bien plus compliqué que ça ne l'est, lui fit remarquer Cooper.

Alex haussa les épaules :

— Je ne fais que prévoir, mon frère.

— Nous verrons si l'un d'entre nous aura trouvé une compagne d'ici le jour de l'An, poursuivit Cooper. Grand-père ne peut pas se fâcher si nous *essayons* de suivre les règles. Son ultimatum stipule seulement que nous ne devons pas résister à la fièvre.

C'était du Cooper tout craché de porter son attention sur les failles juridiques.

— Qui sait, continua-t-il. Peut-être que l'un d'entre nous sera accouplé, que les deux autres décideront que ce n'est pas une mauvaise idée et qu'ils s'engageront à chercher activement leur moitié au cours des années à venir.

Tout cela avait l'air si raisonnable... Sauf que James connaissait son frère aîné.

— La dernière partie, c'était du baratin, n'est-ce pas ?

— À cent pour cent, répliqua Cooper avec un clin d'œil amusé. J'avais deviné que quelque chose se tramait, alors j'y ai beaucoup réfléchi. Grand-père Giles sait où il veut nous mener. Il n'est pas idiot. Je ne vois aucune autre façon de conserver l'entreprise dans la famille à part suivre ses instructions.

Alex se pencha en arrière en soupirant et observa le plafond.

— Alors, nous laisserons le sort en décider.

— Le sort et la fièvre d'accouplement, oui.

Ce n'était pas idéal, mais Cooper avait raison. James glissa vers l'avant de sa chaise, sa main tendue au-dessus de la table, de la même façon qu'ils l'avaient toujours fait pour leurs pactes lorsqu'ils étaient oursons.

— Nous ne résisterons pas à la fièvre, répéta-t-il, et nous laisserons le sort décider.

Alex plaça sa main, paume vers le bas, au-dessus de celle de James.

— Nous laisserons le sort décider.

Cooper se pencha vers l'avant, son corps massif faisant gémir le cuir, pour placer sa main au-dessus des deux leurs. Il hocha la tête.

— Que le sort ait pitié de nous.

1

———

Le 21 juin, Yellowknife, Territoires du Nord-Ouest

Foutu ours.

À travers la fenêtre du deuxième étage, Kaylee Banks regardait le plus bel homme qui existait sur Terre, tout du moins à son humble avis, se diriger vers le gigantesque bâtiment qui abritait les Joyaux Borealis.

Il avait garé son jet privé sur la piste d'atterrissage de l'entreprise, et elle se mordit la lèvre inférieure pour s'empêcher de gémir en voyant l'objet de bien trop de ses fantasmes retirer sa veste et desserrer sa cravate, les muscles tendus. Une touffe de poils noirs apparut sur son torse lorsqu'il défit les boutons supérieurs de sa chemise.

Toute trace de civilisation disparaissait lorsque James Borealis revenait dans le nord.

Elle se glissa hors du bureau pour rejoindre le balcon et sortit son téléphone.

Kaylee : *Tu es rentré en avance !*

C'était drôle d'observer l'arrivée du message en temps réel. Il fouilla sa poche pour en sortir son téléphone. Le sourire qui apparut sur son visage était réel, succédant à une expression qui ne lui ressemblait pas, à mesure que ses doigts voletaient sur l'écran.

James : *Kaylee Kat. Où es-tu ? À moins que tu sois devenue une diseuse de bonne aventure ?*

Kaylee : *Lève les yeux.*

Elle attendit que son regard soit assez haut pour lui faire signe de la main.

Il la salua à son tour.

James : *Que fais-tu au bureau ? Tu es venue voir Amber ?*

Kaylee : *Ton grand-père m'a embauchée pour prendre des photos publicitaires la semaine prochaine, pour que les Joyaux Borealis puissent mettre à jour leurs brochures.*

James jeta un regard à sa montre. Il appuya sur quelques boutons et secoua la tête.

James : *Si tu as besoin de faire des photos en extérieur aujourd'hui, il vaudrait mieux que tu fasses vite. Un gros orage arrive dans l'après-midi.*

Super. Elle soupira longuement. James était l'une des rares personnes à savoir combien elle était mal à l'aise pendant les tempêtes. Ils étaient amis depuis longtemps ; il connaissait beaucoup de ses secrets.

Beaucoup de ses secrets, mais certainement pas tous.

Kaylee : *Fais-moi confiance, je serai planquée quelque part en sécurité avant le début des feux d'artifice.*

Il reprit le cours de sa marche en hochant la tête et passa la main sur sa nuque et son torse.

Cette main imposante la déconcentra de façon totalement indécente. Il avait retroussé les manches de sa chemise et ses larges avant-bras étaient juste devant elle, hypnotiques.

Elle ne pouvait pas détourner le regard, et c'était peut-être parce qu'elle le regardait si intensément qu'elle vit que quelque chose n'allait pas. Il roula les épaules et étira le cou, retrouvant ce froncement de sourcils froid qui ne lui ressemblait pas du tout.

Kaylee : *Ça va ?*

James : *Ce n'est rien.*

Kaylee : *Ce n'est pas ce que dit mon radar à mensonges...*

James : *D'accord. Je ne sais pas pourquoi, mais je suis claqué. Une simple campagne publicitaire ne devrait pas me mettre KO comme ça. J'ai mal partout.*

Oh, les pensées qui traversèrent son esprit. Et la rapidité à laquelle elles étaient arrivées ! C'était choquant, vraiment.

Je pourrais soulager cette tension, songea Kaylee en soupirant. *Avec joie. Je pourrais masser tes épaules, ton dos, ou n'importe où ailleurs.*

Elle partit plutôt sur quelque chose de plus logique que de lui proposer d'être sa masseuse personnelle.

Kaylee : *Peut-être que tu as attrapé ce virus estival qui traîne un peu partout. Pourquoi tu ne rentrerais pas chez toi ?*

Kaylee : *Prends un bain avant l'orage. Ça t'aidera à soulager quelques-unes de tes courbatures après avoir passé des heures dans la cabine du Cessna.*

Un instant, James sembla tiraillé, mais il hocha la tête avec détermination et leva les yeux. Il se tenait désormais pile en dessous d'elle, à quelques pas de l'entrée. Assez près pour qu'ils puissent parler sans avoir à trop hausser la voix.

— Tu as raison. Il n'y a aucune urgence au bureau.

Sa voix porta jusqu'au balcon, effleurant sa peau comme une caresse.

Il termina prestement de se déboutonner, et un instant plus tard, il déposait sa veste de costume, sa chemise et sa cravate sur la rampe à côté de l'entrée.

Elle retint son souffle. Heureusement qu'elle ne respirait pas, car elle aurait gémi si fort qu'il l'aurait entendue. Sous son regard, il avait défait sa ceinture, son bouton et sa fermeture éclair, prêt à baisser son pantalon.

Quelque chose dans sa stupeur avait dû lui parvenir, car alors qu'il se déchaussait, James s'arrêta. Il croisa de nouveau son regard et lui offrit un sourire juvénile.

— Ça ne te dérange pas de récupérer mes affaires, non ? J'irais bien les ranger dans la garde-robe, mais c'est à l'autre bout de la piste d'atterrissage.

Il se tenait là, à demi vêtu, avec l'attitude décontractée typique des métamorphes, parfaitement à l'aise envers la nudité, et elle était à deux doigts de s'évanouir comme une jeune femme de l'époque victorienne.

Ce n'était pas le fait de se dénuder qui la faisait rougir. En tant que métamorphes, il n'y avait rien de sexuel par nature lorsqu'ils retiraient leurs vêtements pour prendre leur forme animale. C'était ordinaire et simple. Naturel et normal.

Mais *James* en train de se dénuder, c'était juste... waouh ! Sa réaction envers lui n'était pas normale. D'où les rougissements, le souffle court et autres réactions physiques qu'elle ressentait à la pelle.

Le lynx en elle leva les yeux au ciel.

Le félin qui constituait l'autre partie de Kaylee se faisait rarement entendre. Il avait tendance à rester silencieux, ce qui ne voulait pas dire qu'il n'avait pas ses opinions.

Les autres métamorphes semblaient bien plus en phase

avec leur côté animal. Kaylee ignorait si cela était dû au fait qu'elle était un chat et que la plupart de ses connaissances au sujet des métamorphes provenaient d'ours et de loups, mais, à part lorsqu'elle se trouvait sous sa forme féline, son chat restait principalement à distance et laissait Kaylee aux commandes.

C'était bien sous certains rapports : pas de perte de sang-froid et de sifflements intempestifs lorsque quelque chose ne se passait pas comme prévu. Mais cela avait également des mauvais côtés, car par moments, elle aurait aimé pouvoir utiliser ses atouts de chat.

Le félin n'était pas timide, en aucune façon.

Mais enfin, pourquoi serais-je timide ? Le monde n'existe que pour le plaisir des chats. Tout le monde le sait.

Kaylee ricana, distraite le temps d'un instant. *J'aimerais bien que tu me prêtes un peu de ton charme félin.*

Son chat renifla délicatement, puis se tut, visiblement ennuyé par la conversation.

Aucune aide de ce côté. Les métamorphes avaient beau être deux-en-un (à la fois humains et animaux), l'une des moitiés était souvent plus douée que l'autre pour certaines choses.

Par exemple, la Kaylee humaine n'était pas très douée pour regarder James Borealis se déshabiller.

Pire, elle ne pouvait cacher ses réactions. Les frères Borealis l'avaient attrapée sur le fait, en train de rougir comme une folle, il y avait des années de cela. Alex s'était dit que sa timidité pouvait faire l'objet de moqueries de bonne guerre. C'était plutôt adorable, car Kaylee n'avait pas de frères et sœurs, et les taquineries étaient une forme de lien familial dont elle avait toujours rêvé.

Cooper était celui qui avait le moins joué avec ses réactions, préférant se retourner lorsqu'ils se transformaient en grands groupes, mais James avait bondi sur l'occasion et suivi l'exemple d'Alex.

Dernièrement, les taquineries de James semblaient cacher des sous-entendus érotiques, mais ce devait être l'imagination ardente de Kaylee qui lui jouait des tours.

Espérer qu'il soit véritablement intéressé par elle était une erreur, compte tenu du fait que c'était impossible entre eux. Non. Il la chambrait comme n'importe quel ami le ferait, mais ils ne seraient jamais plus que cela pour d'innombrables raisons.

Ainsi, même si elle ne lui souhaitait pas d'être malade, elle espérait qu'il se sente assez faible pour ne pas remarquer combien son cœur battait fort.

— Allô, Kaylee, ici la Terre. Est-ce que tu m'as entendu ? Tu peux récupérer mes affaires ?

Oups. Bon sang, combien de temps était-elle restée à rêvasser ?

— Pas de problème.

Elle avait répondu avec nonchalance, comme si elle ne venait pas de baver devant son corps nu.

— Merci, Kaylee Kat.

Le regarder ? Ou regarder ailleurs ?

Ce n'était pas vraiment une question. Kaylee fit un pas vers la droite pour avoir une meilleure vue. Elle pouvait rougir tout en appréciant le spectacle.

Il continua de parler en se déshabillant.

— Pourras-tu dire à Amber que je suis de retour, mais que je suis rentré chez moi pour la journée ?

— Pas de problème.

C'était court et efficace. Elle n'allait pas se risquer à dire quoi que ce soit de plus élaboré.

Bientôt, James se retrouva entièrement nu. Sa magnifique peau de bronze s'offrait à son regard, hâlée et presque palpable. Ses bras musclés ondulaient au gré de ses mouvements, ses magnifiques pectoraux eux aussi en action, et le regard de Kaylee suivit la ligne de poils bruns qui descendait sur ses abdominaux, vers son bas-ventre où la longueur épaisse de son membre se dressait et...

Oh, mon Dieu.

Kaylee détourna les yeux. La nudité était peut-être acceptable, mais ce n'était pas réglo de fixer son paquet.

Elle commençait à se sentir un peu étourdie.

Récupérant son pantalon sur le sol, il le jeta par-dessus le reste de ses affaires comme si ce n'était pas un vêtement hors de prix. Puis il leva une dernière fois les yeux et lui montra...

Oh, pitié.

Vilain cerveau. Vilain, vilain cerveau, Kaylee !

... il lui montra son sourire tout penaud.

— Rappelle-moi plus tard. Une fois que je me serai débarrassé de ce virus, on pourra faire ce marathon de films dont on avait parlé.

Ses fesses nues se contractèrent lorsqu'il se retourna – *Seigneur, son cul est de toute beauté* – et s'éloigna à grands pas vers la pelouse bien entretenue qui s'étendait jusqu'aux hautes herbes de la pleine nature, hors de l'usine.

Une seconde plus tard, c'était comme essayer de regarder une illusion d'optique. Une boule de lumière multicolore scintilla, puis un ours polaire impressionnant s'étira nonchalamment avant de déambuler dans les arbres.

Kaylee ne se lasserait jamais de le voir se transformer. De près, c'était encore mieux. Elle soupira de nouveau.

— Pas de problème, chuchota-t-elle.

Mais c'était loin d'être la vérité.

Il y avait un problème. Un énorme, grand et immense problème, à cent pour cent de son côté de l'équation.

Elle éprouvait désespérément et éperdument du désir envers l'un de ses meilleurs amis. Non seulement il n'en savait rien, mais en plus, elle était la dernière personne sur Terre dont il avait besoin dans sa vie autrement que comme une amie.

Pas de problème ? Dans ses rêves.

2

Grincheux. Irrité. En colère contre le monde entier.

James ressentait toutes ces sensations lorsqu'il quitta les environs des Joyaux Borealis.

Il aurait dû être heureux comme un poisson dans l'eau à cet instant. Il venait d'effectuer un séjour réussi à New York, de participer à une demi-douzaine d'interviews et de *talk-shows* et de créer avec succès de nouvelles publicités pour l'entreprise familiale.

Il était maintenant chez lui, de retour dans la nature. La chaleur de l'air printanier l'enveloppa et les odeurs emplirent ses narines de verdure et de la promesse d'une journée de paresse. C'était le paradis et cela aurait dû guérir tous les maux.

La démangeaison douloureuse au niveau de sa nuque avait pourtant augmenté. Il laissa donc son côté ours prendre le contrôle, flânant en direction de là où son animal souhaitait se rendre. Son côté humain avait assez de problèmes à gérer comme ça.

Il haussa ses grosses épaules, essayant d'échapper à cette sensation de picotement. C'était étrange, il ne pensait pas que les réunions auxquelles il avait assisté avaient été si stressantes que cela. Au contraire, il s'enorgueillissait habituellement de pouvoir être sous le feu des projecteurs. C'était la raison pour laquelle il s'en occupait plutôt qu'Alex ou Cooper.

Peut-être bien qu'il couvait une sorte de grippe de métamorphe, ce qui serait vraiment la poisse, étant donné que leur espèce tombait rarement malade.

Ne dit-on pas fort comme un… ours polaire ?

Mais le fond de sa gorge le démangeait, et s'il était bien normal que son odorat soit hors norme, il y avait une odeur qui ne tournait pas rond. Un parfum doux et prononcé qui l'avait dérangé tout au long du vol de retour. Il avait perdu du temps à essayer de mettre le doigt dessus.

Il s'était tout d'abord demandé si l'un de leurs clients majeurs, ceux qu'il venait tout juste de raccompagner chez eux en avion près de New York, n'avait pas laissé quelque chose dans l'avion. Mais après avoir cherché sous tous les sièges, il n'avait rien trouvé.

Néanmoins, cette odeur ne le quittait pas – et elle ne se contentait pas d'éveiller son désir, elle le poussait à être excité dans les moments les moins opportuns. Heureusement que Kaylee se tenait près de dix mètres au-dessus de lui pendant leur conversation. Cela lui avait permis de ne pas remarquer son érection.

Ce n'était pas la première fois qu'il en avait en sa présence, mais il pouvait généralement l'expliquer par une blague et faire passer cela pour un truc de mec.

Mais là ? C'était instantané et scandaleux. Il aurait aimé pouvoir mettre cela sur le compte de Kaylee, mais il ne réagissait pas au quart de tour *comme ça*, habituellement. Ils se tenaient devant son lieu de travail, nom de Dieu, à parler de sujets innocents, et il s'était retrouvé si excité par sa proximité qu'il aurait bien été tenté de l'attraper et de mettre à exécution les pensées emplies de désir contre lesquelles il avait lutté toutes ces années.

Les pensées qu'il avait reconsidérées et sur lesquelles il s'était recentré au cours des derniers mois.

Doucement. Y aller doucement, se rappela-t-il.

Tu n'aimes pas la douceur, grommela son ours. *Ce que tu aimes, c'est Kaylee.*

La ferme, lui intima-t-il.

Non, une promenade à travers bois était la seule façon de se débarrasser de ce genre de frustration.

Lorsque James se rendit compte que ses pas l'avaient inconsciemment ramené vers le parking des Joyaux Borealis, il s'assit sur l'asphalte et fixa furieusement le véhicule devant lui.

Stupide cerveau d'ours. Il n'y avait absolument aucune raison d'être assis là, à côté du pick-up de Kaylee bon pour la casse. Ce tas de ferraille mettait James en colère, car chaque fois qu'il lui en parlait, elle lui jurait que le véhicule pouvait encore tenir cent kilomètres ou plus.

Trop têtue pour s'en défaire, présuma-t-il. Ce fichu machin était son premier achat important sans l'accord de ses parents lorsqu'elle avait seize ans.

Il comprenait, vraiment. Ses parents n'étaient pas géniaux, et tout le monde avait besoin d'indépendance, d'envoyer le monde se faire foutre. Pourtant un jour, cette merde finirait par rendre l'âme et il ne serait pas là pour la tirer d'affaire.

Il montra les crocs devant le véhicule, se leva et se dirigea vers son immeuble récemment terminé et son appartement qui donnait sur l'immense lac où Yellowknife était construite.

Il dut faire un gros effort pour empêcher son côté ours

de faire demi-tour, ne s'autorisant à respirer qu'une fois dans son appartement-terrasse, au dixième étage, la porte fermée à clé derrière lui.

La tension au niveau de sa nuque était intense et douloureuse, c'était *forcément* une espèce de grippe d'ours polaire.

Il se dirigea rapidement vers son répondeur, attiré par la lumière rouge clignotante. Il avait un téléphone portable, mais en tant que métamorphe, il ne l'avait pas toujours sur lui et les gens avaient besoin de pouvoir le joindre. Il était donc obligé d'utiliser en supplément la bonne vieille technologie à l'ancienne.

Il appuya sur le bouton de lecture, frottant les mains sur son torse et ses bras dans l'espoir que la douleur s'estompe.

C'était un message de son grand-père, l'heure affichée datant d'à peine quelques minutes auparavant. C'était sans doute pendant qu'il rentrait à la maison en luttant contre son ours.

— James, mon garçon. Tu as été occupé ces derniers jours. Beau boulot. Je viens juste d'être contacté par nos nouveaux investisseurs potentiels. Ils ont été impressionnés par tes arguments de vente, ricana Giles Borealis, à mi-chemin entre le complot et l'amusement. J'ai presque l'impression que j'aurais dû les prévenir en avance de tes talents pour convaincre. C'est bon de savoir que tu as ce qu'il faut pour continuer à faire avancer l'entreprise dans le futur. Bravo.

Bien sûr, bravo, songea James. *Chaque fois que j'entre dans une réunion, je fais comme si j'étais toi. Personne n'a la moindre chance.*

Il avait prévu de faire inscrire « *Que ferait grand-père à ma place ?* » sur des bracelets, en guise de rappel permanent pour lui et ses frères, et d'en offrir un au vieil homme comme cadeau de Noël. Cela amuserait beaucoup leur grand-père.

Le message continua :

— Je ne compte pas te dire comment faire ton travail, mais je souhaitais quand même te rappeler que, aussi doué que tu sois avec nos nouveaux investisseurs et clients, tu as besoin d'avoir quelqu'un qui brillera à tes côtés au gala de la fête du Canada. C'est important, James. Nous avons des ventes potentielles à finaliser lors de cette soirée. Mais bien entendu, tu le sais déjà. Fais plaisir à un vieil homme. Il ne se passe plus grand-chose de spécial dans ma vie. Ce n'est pas comme si j'avais des arrière-petits-enfants avec lesquels passer du temps, et il y a un véritable manque de présence féminine à notre table familiale. Ta grand-mère se sent totalement submergée. Continue à chercher ta compagne, mon garçon.

— Il a du mal à lâcher l'affaire, murmura James à la machine en écoutant un adieu rapide, mais aimable, avant que le message touche à sa fin.

Continue à chercher ta compagne. Comme si la lettre que le vieil homme avait envoyée plus tôt dans l'année n'avait pas tout changé. Cet ultimatum était une épée de Damoclès au-dessus de sa tête et de celle de ses frères depuis le mois de mars.

James se dirigea vers la douche dans l'espoir que l'eau bouillante puisse faire disparaître les microbes qui faisaient des ravages dans son organisme.

Son objectif secondaire était de calmer sa colère. Même s'il aimait son grand-père Giles, cette vieille branche savait exactement comment le pousser à bout.

C'était vrai, James avait *bel et bien* besoin d'une cavalière pour le gala. Il savait également qui il avait envie d'avoir à ses côtés.

Encore une fois, la faute du vieux Giles.

La première fois que James avait lu sa lettre de chantage, il avait paniqué. Il lui avait fallu une semaine ou deux à se morfondre sur le pacte qu'il avait passé avec Alex et Cooper pour prendre conscience que ce n'était pas la fin du monde.

Il était ami avec Kaylee depuis le CE1. Il avait développé un intérêt sexuel envers elle depuis qu'ils étaient adolescents, mais leur amitié était trop précieuse pour la gâcher en couchant ensemble de façon passagère.

Mais s'il était contraint de passer sa vie avec une seule femme ? Il la choisirait, à tous les coups. Intelligente, belle, elle n'avait pas peur de le lui dire lorsqu'il faisait n'importe quoi. Elle était tout ce dont il avait besoin. Par ailleurs, ils étaient déjà très bons amis, ce qui voulait dire qu'une fois qu'ils se seraient accouplés, ils pourraient le rester pour toujours.

Elle était parfaite.

À contrecœur, il devait admettre que la lettre de son grand-père l'avait aidé à s'en rendre compte.

Seulement, depuis qu'il avait décidé de prendre son destin entre ses mains et de *choisir* sa compagne, elle avait fait la sourde oreille chaque fois. Ces trois derniers mois, il lui avait fait des avances de manière décontractée, du genre : « et si on passait à la prochaine étape ? »

Il avait essayé de flirter. Mais elle avait ri et levé les yeux au ciel.

Il avait essayé de caresser son bras nonchalamment lorsqu'ils regardaient un film. Kaylee avait alors attrapé un coussin et entamé une bataille de polochons.

Peu importe la façon dont il essayait de faire avancer leur relation, sans se comporter de façon flippante pour autant, elle continuait à refuser de voir en lui autre chose qu'un ami.

Il ne comptait pas abandonner, mais bon sang… ce manque d'impulsion vers l'avant mettait un coup à son ego de mâle.

James soupira péniblement. La vérité, c'était que si elle n'avait véritablement pas envie de lui autrement que comme d'un ami, il n'allait pas l'assommer et la forcer.

Assommer un peu, ce n'est pas grave, proposa son ours.

Non. On n'assomme personne du tout, rétorqua-t-il sèchement.

Quel abruti, cet ours.

Ce ne fut que lorsque l'eau chaude coula sur sa peau et qu'il fut en train de se savonner qu'il se rendit compte que son sexe était de nouveau dressé, comme s'il lui faisait signe pour attirer son attention.

Seul un détraqué pourrait attraper un rhume qui donne des érections monstrueuses, lui fit remarquer sèchement son ours.

Plus narquois qu'à son habitude. Certainement fâché qu'on lui ait dit que l'on n'assommerait personne.

La ferme, lâcha-t-il.

La bête se sentit suffisamment insultée pour garder le silence, mais il devinait très clairement son indignation, aussi assourdissante qu'une furie déchaînée.

Ce qui arrivait à son corps n'était pas normal. La tête de James était remplie de coton, cependant, et il ne parvenait pas à se remémorer *pourquoi* ce n'était pas normal.

Il enroula sa main autour de sa verge avec l'intention de soulager la pression, mais la première image qui lui vint à l'esprit lorsqu'il commença ses va-et-vient fut la dernière fois où il avait aperçu Kaylee se dévêtir pour se transformer…

Il baissa la température de la douche et se força à éloigner ses mains. Même avec la température au minimum, sa chaleur corporelle continuait de grimper.

James abandonna, frustré et dégoulinant, et retourna dans sa chambre. Il enfila un jean, maugréant à voix haute tout en enfonçant sa verge encore en érection derrière la fermeture éclair qui menaçait de s'imprimer dans la chair de son membre dur comme de la pierre.

Il se dirigea d'un pas lourd vers le salon et alluma la télévision pour chercher à se changer les idées.

Raté.

— Qu'est-ce que...

Sur l'écran géant, deux corps se trémoussaient sur un lit. Avant que James ait le temps de cligner des yeux, la femme avait roulé sur le dessus, ondulant du bassin, ses hanches sur l'entrejambe de l'homme tandis que ses longs cheveux bruns dansaient dans son dos... le portrait craché de ce à quoi Kaylee ressemblerait si...

— Assez, grogna-t-il.

Il se traîna pesamment vers la cuisine, sourd à la voix de sa mère qui, dans ses pensées, grommelait en disant qu'elle élevait des ours, non pas des éléphants.

Il était encore trop tôt dans la journée pour commencer à boire des alcools forts, alors il opta pour une bière. Il la décapsula et resta devant la porte ouverte du frigo, profitant de la fraîcheur. Basculant la tête en arrière, il en avala le contenu.

Une seconde plus tard, il se tourna vers l'évier et recracha, le liquide s'écoulant sur les côtés et ruisselant le long de son menton.

— Qu'est-ce que c'est que ce bordel ?

Il observa la bière et la renifla de façon suspecte.

Beurk.

Depuis quand est-ce que l'alcool tournait ? Le liquide avait une odeur épouvantable, et son goût était encore pire.

Il déversa la bouteille dans l'évier et alla en chercher une autre. Cette fois, il l'ouvrit avec davantage de précautions et la renifla timidement.

De la bile remonta dans sa gorge. Il fut propulsé dans le passé, lorsqu'il avait cinq ans et qu'on l'avait forcé à manger toute une assiette de foie et de flageolets.

Une autre bouteille à la poubelle.

James rinça l'évier, puis, alors que l'eau coulait encore, il attrapa le robinet mobile et dirigea l'eau froide directement vers sa bouche, buvant à grandes gorgées. Au moins, cela avait bon goût, Dieu merci.

Pourtant, il avait beau boire tout son saoul, sa soif ne semblait pas étanchée.

Un peu comme l'année dernière, espèce d'idiot, lui rappela son ours.

La ferme...

Mais James se figea.

L'eau qui visait sa bouche fut mal orientée et détrempa l'ensemble de son visage et tout le haut de son corps, imbibant le t-shirt qu'il avait enfilé.

Il lui fallut un moment, mais sa tête dure avait fini par comprendre qu'il ne s'agissait pas d'une grippe ordinaire.

C'était la fièvre d'accouplement.

Il ferma le robinet, puis se dirigea vers la porte d'entrée et vérifia le verrou et l'alarme de sécurité. Il effectua chaque tâche méthodiquement et avec une grande concentration avant de traverser la pièce pour aller s'installer dans le canapé.

Le silence retomba. Adossé contre le cuir souple, il observa le plafond.

La fièvre d'accouplement.

Le sourire qui se dessina sur son visage était immense et satisfaisant. *Enfin.*

Enfin, il pouvait courir après la femme qu'il voulait désespérément faire sienne. Désormais, elle ne pourrait plus lui dire qu'il n'était pas sérieux et qu'il cherchait seulement à s'amuser, pas quand il lui prouverait clairement qu'elle était la réponse à toutes les questions qui aient jamais été posées.

Si elle le désirait ne serait-ce qu'un dixième de ce que lui la désirait, ce serait le début d'une éternité de rêve.

3

———————

Foutu ours.

Des heures s'étaient écoulées, et elle continuait pourtant de rêvasser à James.

Kaylee avait fait un détour pour sortir, attrapant ses habits et fourrant la pile dans son pick-up. Puis elle avait fait comme il l'avait suggéré et était allée prendre des photos à l'extérieur des Joyaux Borealis avant que le temps ne tourne à l'orage.

Une heure plus tard, elle revint et monta dans le bureau, où elle retrouva son autre meilleure amie.

Amber Myawayan lui sourit depuis son poste d'assistante de direction, dans le bureau principal. Ses yeux brillaient et elle tenait à peine en place sur son siège.

— Qu'est-ce qui te met dans cet état ? lui demanda Kaylee.

— J'ai trouvé une autre piste à propose de mon frère, lui répondit la femme aux cheveux d'ébène.

Ses lèvres frémirent alors et elle fit la grimace. Un soupir de tristesse lui échappa avant qu'elle ajoute :

— Ce n'est pas une très bonne piste, mais c'est mieux

que rien. J'attends une ouverture comme ça depuis si longtemps ! Peut-être que je le retrouverai, cette fois.

Kaylee fit un pas en avant vers son amie. Les profonds yeux bruns d'Amber étaient emplis d'un tel espoir qu'elle fut incapable de jouer les rabat-joie. Peu importait que chacune des recherches d'Amber n'ait mené qu'à des impasses depuis qu'elle avait rejoint le Nord, deux ans plus tôt, à la recherche de la seule famille qu'il lui restait.

— Si je peux faire quoi que ce soit pour aider, dis-le-moi, lui précisa Kaylee avec autant d'enthousiasme que possible.

— Je sais que tu ne veux pas que je sois déçue une nouvelle fois, mais je dois continuer à garder espoir.

Amber se pencha vers Kaylee, ses longs cheveux tombant en avant et son regard plein d'espièglerie.

— Tu as un secret, toi aussi. Crache le morceau, exigea-t-elle.

Kaylee paniqua un instant, se demandant si elle avait parlé de James à voix haute, avant de se rendre compte qu'Amber faisait référence au message qu'elle avait envoyé plus tôt dans la journée.

Il y avait secrets et *secrets*.

Son béguin depuis toujours pour James était une affaire privée, mais dernièrement, les rumeurs circulaient. Des ragots qui étaient parvenus aux oreilles de Kaylee et qui concernaient la famille Borealis et une possible tentative de rachat des Joyaux Borealis par leurs concurrents.

Tout ce qui pouvait affecter la famille qu'elle s'était choisie ne resterait pas caché dans l'ombre. Pas si elle pouvait l'éviter.

Kaylee s'approcha du bureau et baissa la voix :

— J'ai discuté avec cette personne qu'il serait intéressant de contacter, selon toi.

Les yeux de son amie s'écarquillèrent.

— Cette personne de sexe féminin qui travaille pour *tu sais qui* ?

— Au *tu sais quoi* ? continua Kaylee en hochant la tête. Elle a dit qu'elle voulait nous voir.

Amber pencha la tête sur le côté, l'innocence personnifiée.

— Bien sûr qu'elle veut nous voir. Qui ne voudrait pas rencontrer deux femmes abordables et merveilleuses telles que nous ?

Les lèvres de Kaylee esquissèrent un sourire, même si elle s'efforçait de se maîtriser.

— Sans parler du fait que tu es impliquée jusqu'au cou avec l'une des personnes les plus importantes des Joyaux Borealis.

— C'est *toi* qui es impliquée jusqu'au cou, la corrigea Amber.

Elle fronça les sourcils.

— Toi et James, vous êtes amis depuis toujours. Tu sais aussi bien que moi que si tu lui disais que tu avais une information importante, il serait prêt à t'écouter. Je suis relativement nouvelle ici, et je ne fais que travailler pour l'entreprise. Ils pourraient choisir de ne pas me croire.

Kaylee ne savait pas trop quoi penser de cela. Amber était le genre de personne qui inspirait confiance à la plupart des gens dès le premier instant. Quant à elle, en revanche, les gens avaient plutôt tendance à la regarder puis à oublier jusqu'à son existence. La plupart du temps, ce n'était pas grave.

Mais... merde, elle le regrettait tellement. S'il en était autrement, peut-être aurait-elle été digne de devenir plus qu'une amie pour James, d'avoir quelque chose de plus concret, en particulier.

Ou de plus tactile. *Oh, oui…*

La porte du couloir s'ouvrit et elles se redressèrent.

La réaction de Kaylee était due à sa mauvaise conscience à cause des pensées osées qu'elle entretenait au sujet de son meilleur ami, en plein milieu du bureau principal de l'entreprise de sa famille.

Une vague de soulagement la submergea lorsqu'elle reconnut l'homme qui venait de franchir le seuil. Ses yeux vifs étaient saisissants d'intelligence, et le gris argenté dans ses cheveux ne faisait que souligner sa beauté. Giles Borealis Senior entra d'un pas détendu, comme si les lieux lui appartenaient – *d'ailleurs, c'était véritablement le cas –*, la main sur une canne que Kaylee soupçonnait de servir uniquement à se donner en spectacle.

Un aristocrate de son âge présentait mieux avec une canne, mais elle n'irait pas jusqu'à accuser ouvertement le patriarche des Joyaux Borealis de jouer la comédie.

Même si c'était exactement ce qu'il faisait et qu'elle en était consciente.

— Tiens donc, si ce ne sont pas deux des plus belles femmes au monde. Ça me désole de vous voir. Mon cœur bat plus fort et je rêve d'avoir vingt-cinq ans de moins.

Amber se rassit derrière son poste, comme pour dresser une barrière entre elle et le vieux monsieur. Elle s'affaira avec son calepin et son téléphone, son regard évitant le sien. Seule Kaylee remarqua le sourire de son amie, celui qu'elle essayait de cacher au patriarche de la famille.

— Votre femme n'y trouverait rien à redire ?

Giles Borealis partit d'un rire narquois.

— Oh, vous pouvez être certaine que je tomberais une nouvelle fois amoureux de ma Laureen. Mais j'aurais été ravi de vous présenter à quelques *amis* de mon jeune alter ego. De parfaits gentlemen qui vous feraient passer un agréable moment, mesdames, plutôt que de vous voir coincées dans ce bureau à longueur de temps.

Il agita un doigt vers Amber, qui était bien installée dans son fauteuil et lui souriait désormais avec tendresse.

— Je sais que vous avez un poste important, avec beaucoup à faire, mais ce n'est pas une raison pour rester chez vous tous les soirs.

Amber haussa un sourcil.

— Comment pourriez-vous savoir où je passe mes soirées ?

Un éclat de rire échappa à Kaylee avant qu'elle ne puisse le retenir.

Mauvaise idée. Monsieur Borealis reporta sur elle son attention redoutable.

— Quant à vous, lança-t-il, ignorant la question d'Amber, pourquoi ne vous voit-on pas au bras d'un beau jeune homme ? Il est temps de passer à l'action, jeune femme. Vous êtes belle et talentueuse.

Il pointa du doigt le portrait de famille accroché sur le mur, dans son dos, une photo que Kaylee avait prise lors d'un pique-nique familial deux ans plus tôt. Il tapota le verre du bout du doigt.

— Si vous me donnez le feu vert, je financerai le prêt pour que vous puissiez lancer votre propre studio de photographie.

— Monsieur Borealis, vous ne pouvez pas ...

Il agita son doigt en plein devant son visage, les yeux braqués sur elle, mais il ne prononça pas un seul mot.

Ce type est amusant, murmura son chat. *Plus félin que ne devrait l'être un ours.*

Kaylee ne pouvait pas dire le contraire. Il y avait assurément quelque chose de félin dans la curiosité de cet homme. Et il était têtu.

Il l'avait corrigée à de trop nombreuses reprises par le passé.

— Papy Giles. Vous ne pouvez pas proposer ce genre d'arrangement commercial.

— Comme si je ne pouvais pas le faire, s'offusqua-t-il. Je sais reconnaître un bon investissement quand j'en vois un. Votre travail vous mènera loin, et quiconque blâmerait un homme qui vous aiderait à démarrer n'aurait aucun sens des affaires.

Il croisa les bras sur son torse et baissa la tête comme si c'était la fin de la conversation. Son regard glissa de nouveau vers Amber.

— Je suis venu récupérer les documents signés par les garçons.

Amber cligna des yeux à plusieurs reprises.

— Mince. Ils ne sont pas prêts. Je veux dire, Cooper et Alex les ont tous les deux signés, mais James n'est pas encore rentré de...

Zut.

— James est de retour, l'interrompit Kaylee. Mais il s'est rendu directement chez lui. Je suis désolée, j'étais censée vous le dire.

Grand-père Giles fit claquer sa langue, l'inquiétude prenant le pas sur sa jovialité.

— J'ai besoin de ces papiers. J'ai un rendez-vous en ligne avec les investisseurs dans un peu plus d'une heure, et j'ai absolument besoin d'avoir toutes les signatures en ordre.

Amber se mordit la lèvre, visiblement agitée, et arrangea des papiers sur son bureau.

— J'ai un rendez-vous plus tard dans la journée, indiqua-t-elle. J'ai été invitée au camp des chiens de traîneau. Vous savez, celui où ils font des courses avec des équipes sur l'herbe ? Je ne voudrais pas annuler, mais si je dois le faire...

— Non. Ne t'inquiète pas. Je peux aider, se proposa Kaylee.

Le changement qui s'opéra chez le vieux Giles fut incroyable. La tristesse dans son regard s'évapora en un rien de temps. Il se redressa et la dévisagea avec approbation.

— Vous feriez vraiment cela ? Oh, vous n'avez pas idée combien cela pourrait m'aider. Je peux occuper les investisseurs pendant notre téléconférence si vous parvenez à obtenir la signature de James assez rapidement.

Même si certaines choses dépassaient de loin ses compétences, elle était tout à fait capable d'accomplir cela.

— Ce n'est pas un problème. Je voulais vérifier qu'il prenait bien soin de lui, de toute façon.

La curiosité et la préoccupation obscurcirent le regard de Grand-Père Giles.

— Il ne se sent pas bien ?

— Il pense avoir attrapé un rhume auprès du groupe d'investisseurs qu'il a raccompagné en avion. Ou alors, c'est ce virus qui traîne en ville.

Le vieil homme hocha lentement la tête.

— Quelle plaie, ces rhumes d'été. Et je connais mes petits-fils, ils négligent toujours leur santé. C'est une bonne chose que vous alliez le voir. Quelqu'un doit vérifier qu'il prend soin de lui et qu'il se repose comme il faut.

Amber avait continué de travailler consciencieusement pendant ce temps. Elle glissa des papiers dans un dossier et le tendit à Kaylee.

— Page quatre. Une fois qu'il aura signé, prends une photo et envoie-la-moi. J'aurai le temps de m'occuper du reste avant de me rendre aux traîneaux.

— Quelles femmes incroyables, intervint Grand-père

Giles comme s'il récitait une prière. Le monde serait un lieu bien triste sans vous.

Kaylee échangea un sourire secret avec Amber avant d'attraper le dossier et de s'éclipser de la pièce.

Dehors, le ciel bleu avait disparu derrière une masse de nuages qui se déchaînaient comme sur une photographie en time-lapse accéléré. La menace de l'orage n'était désormais plus une simple suggestion.

Son félin intérieur jeta un œil en hauteur, frissonna, puis disparut. Il se cachait de la pluie qui s'annonçait avec un instinct de préservation incroyablement égocentrique.

Je ne te dis pas merci, marmonna Kaylee.

Un faible écho lui répondit, plutôt guindé, mais avec un semblant d'excuse. *Tu as choisi d'aller dehors. Tu as choisi de te mouiller, pas moi.*

C'était vrai, pourtant certaines choses devaient être affrontées plutôt que de s'en cacher.

Kaylee agrippa le dossier et courut vers son pick-up.

En dépit de sa terrible relation avec le mauvais temps, alors que les premières grosses gouttes s'écrasaient contre son pare-brise pendant le court trajet jusqu'à l'appartement de James, ce n'était pas la peur qui faisait battre son cœur de façon erratique.

D'une certaine manière, elle avait l'impression que son monde était sur le point de changer du tout au tout. Quelque chose d'énorme et de bouleversant s'annonçait.

Elle se gara sur la place de parking la plus proche de la porte. Personne d'autre ne vivait encore dans l'immeuble, ce qui signifiait qu'elle n'était qu'à quelques pas de l'entrée. Kaylee ouvrit sa portière et eut à peine le temps de la rattraper lorsque le vent violent menaça de la lui arracher des mains. Ses cheveux furent aussitôt trempés, la pluie lui martelant la peau. Son manteau et ses cheveux voletaient dans tous les sens comme des fouets hors de contrôle.

Les orages la terrifiaient depuis qu'elle s'était retrouvée piégée à l'âge de dix ans en pleine tempête. Ses parents, partis en exploration sans la prévenir, l'avaient négligemment enfermée dehors.

Son chat avait détesté chaque minute de cette expérience. Ils avaient été mouillés et ils avaient eu froid et peur. Seul son animal intérieur lui avait donné la force d'affronter la terreur qui l'avait saisie.

En y repensant, c'était probablement la dernière fois où la bête avait accepté d'encaisser un tel stress et Kaylee ne pouvait pas le lui reprocher.

Cependant, le picotement qui parcourait tout son corps n'avait rien à voir avec les souvenirs de cette tempête, bien longtemps auparavant, toute seule dans une cabane dans les arbres tremblante et instable. Cela avait tout à voir, en revanche, avec la proximité de James. Elle appuya son pouce pour déverrouiller le pavé de sécurité auquel James lui avait donné accès seulement quelques semaines plus tôt. Elle parcourut le chemin vers l'ascenseur et enfonça le bouton du dernier étage.

Aussi fou que cela puisse l'être, son cœur continuait d'espérer ce qui ne pourrait jamais arriver.

4

————

*L*a chaleur. Une chaleur torride. Elle s'enveloppait autour de son corps et embrouillait son cerveau avec ses tentacules, envoyant valser ses pensées dans un million de directions.

Assis sur son canapé, James souffrait mille morts. Il avait tendu la main vers le téléphone une demi-douzaine de fois avant de la laisser retomber lourdement sur le siège en cuir à côté de lui. Ce devait être en rapport avec la fièvre, cette incapacité à se concentrer suffisamment pour réaliser le prochain mouvement. Qui allait-il appeler, et qu'allait-il dire ?

Ses frères ? Certainement pas, ils riraient avant de lui rappeler qu'il y avait plus en jeu que sa simple liberté... et de lui rappeler leur pacte.

Il ne fallait pas éviter la fièvre d'accouplement. Eh bien, il ne comptait pas l'éviter, mais il n'avait pas la moindre idée de ce qu'il était censé faire maintenant.

Il avait besoin que Kaylee soit là pour pouvoir mettre en œuvre sa stratégie consistant à faire un pied de nez au destin et à choisir sa propre compagne, mais en réalité, que pouvait-il bien lui dire ?

Kaylee ? Eh, salut. On dirait bien que la fièvre d'accouplement est là et je me demandais si ça t'intéresserait de venir ici pour que je puisse passer à l'action avec toi. Potentiellement pour toujours.

C'est ça. Compte tenu de ses réactions précédentes lorsqu'il avait flirté avec elle, une demande aussi franche et massive était vouée à l'échec.

À cette étape du jeu, il savait encore ce qui se passait. Son cerveau fonctionnait, même si son côté plus primitif commençait à prendre le dessus, et au plus fort de la fièvre, tout du moins d'après les rumeurs qu'il avait entendues, l'instinct animal envahirait tout.

En tout cas, c'était ainsi pour les pulsions sexuelles. Encore une fois, d'après les rumeurs, car ses propres souvenirs de l'année passée étaient vagues.

Il avait eu la chance d'être dans la nature pour une expédition de pêche en solo lorsque la fièvre s'était produite. Il avait survécu en prenant sa forme d'ours et en restant assis dans la rivière la plupart de la semaine.

Ce n'était pas marrant, lui rappela son ours.

Ça ne va pas l'être non plus cette fois-ci, l'informa-t-il.

Pas s'il ne parvenait pas à convaincre Kaylee rapidement.

Son animal intérieur bouda avant de lui faire une proposition brillante. *Appelle Kaylee. Tu peux avoir des rapports sexuels. Du sexe à volonté. Ce serait marrant.*

En effet. Cette fois, il était entièrement d'accord avec la bête.

Soudain, des coups contre la porte interrompirent ses pensées brouillonnes.

Il cligna des yeux, surpris de constater que la pièce s'était assombrie, même s'il était à peine dix-sept heures. La pluie cognait contre les baies vitrées de son appartement-terrasse à plusieurs millions alors qu'un vent fort ébranlait l'immeuble. Il en ressentait les secousses dans son loft du dixième étage.

Il se pencha en avant, se décollant du canapé dans un grincement, comme s'il avait commencé à fondre contre le cuir.

Les coups se firent plus forts et cela lui tapa sur le système. Il ressentit le besoin de cogner de son côté de la porte, de voir si celui qui était monté le voir apprécierait d'entendre quelqu'un d'autre faire un tel raffut.

— Quoi ? cria-t-il, de mauvaise humeur.

— C'est moi, Kaylee. Ouvre la porte. Je meurs de froid.

Il avait déjà la main sur le verrou pour le tourner et l'ouvrir, mais au son de sa voix, il s'immobilisa. À l'exception de son sexe, qui se dressa tout droit dans les limites étriquées de son jean, signalant son désir de passer à l'action.

C'était le moment, celui qu'il avait attendu depuis toujours, et pourtant il hésitait encore. D'autant qu'il était à moitié nu et que son membre était déjà amorcé comme un missile chercheur.

Il s'imagina enfouir son sexe dans les profondeurs tièdes de Kaylee et cette image lui arracha un grognement de frustration assez fort pour faire trembler les murs.

Les coups s'arrêtèrent et la préoccupation dans la voix de Kaylee se fit entendre.

— James ? Qu'est-ce qui ne va pas ? Tu es souffrant ?

Elle avait l'air morte d'inquiétude, et ce fut ce qui le convainquit. Il tira le dernier verrou et entrouvrit la porte. Pas plus de quelques centimètres, cependant. Il coinça son pied dans l'entrebâillement, comme si cela allait suffire pour la maintenir dehors jusqu'à ce qu'il parvienne à reprendre le contrôle de son corps.

— Je suis malade, tu te rappelles ? grogna-t-il.

S'il se comportait comme un connard grincheux, elle s'énerverait peut-être et lui crierait dessus assez fort pour faire disparaître son érection.

Mais en la voyant, il ouvrit immédiatement la porte en grand. Kaylee était trempée de la tête aux pieds, son t-shirt collé contre sa peau. Ses cheveux formaient des bouclettes trempées plaquées sur son visage, et sa peau tiède et cuivrée avait pâli, arborant une teinte grise maladive.

Elle tremblait suffisamment pour que même *lui* claque des dents. Malgré son état, elle lui tendit un dossier mouillé par la pluie.

— Tu d-d-dois-signer ces p-p-papiers.

Son corps tout entier vacilla, elle tenait à peine debout.

Merde. Putain de merde. Merde, *merde* !

James serra les dents pour éviter de se mordre la langue, puis il la souleva et la porta à l'intérieur de l'appartement.

Oh, mon Dieu. Sa peau douce, glacée, qu'il pouvait sentir sous ses doigts, le poids de son corps serré contre le sien, son souffle chaud caressant son cou lorsqu'elle se retourna vers lui et se blottit dans ses bras.

James commença à pester en silence. Dans l'ordre alphabétique. C'était très créatif.

Il attrapa le dossier qu'elle avait entre les mains et le jeta sur la table devant laquelle ils passèrent en chemin vers la salle de bains. Il posa ses pieds au sol et la libéra avant de faire couler l'eau. Il attendit que le jet se réchauffe, bloquant l'eau froide de son corps, puis il se décala enfin.

— Reste là, lui ordonna-t-il.

Il se retourna pour s'en aller... mais au dernier moment, il se figea. Une sensation des plus étranges venait de glisser sur sa peau. C'était comme s'ils étaient deux morceaux de Velcro parfaitement connectés. Il devait faire un effort pour s'arracher à elle.

Bizarre.

Ignorant ce tiraillement étrange, il marcha d'un pas décidé vers son armoire.

Il comptait bien continuer ce qu'il avait prévu et faire de Kaylee sa compagne, mais il refusait de se comporter comme un animal.

Je suis un animal, lui rappela son ours. *À moitié.*

La ferme.

Je dis ça, je dis rien...

Un jean et des chaussettes propres. James attrapa un t-shirt et l'enfila, puis un pull et un sweat à capuche, comme si les couches supplémentaires entre eux pouvaient agir comme moyen de dissuasion. Si ses habits d'hiver n'étaient pas rangés et hors de portée, il aurait même enfilé une parka.

Ce ne fut que lorsqu'il eut enfilé les différentes couches de ce qui composait une véritable armure qu'il osa retourner dans la salle de bains.

Kaylee avait enlevé ses vêtements mouillés et les avait laissés sur le lavabo. Elle avait refermé les bras autour de son corps, pile en dessous du pommeau de douche. Son visage était levé vers le haut, s'offrant à l'eau qui tombait. On aurait dit une nymphe vénérant les dieux de la pluie. Ses cheveux mouillés formaient des mèches bouclées sur ses épaules et l'eau ruisselait en cascade sur sa peau.

Il ne savait pas s'il devait insulter ou bénir la vapeur qui avait formé de la buée sur la paroi en verre de la douche, lui offrant des images brumeuses au lieu d'une perfection claire incitant à la débauche.

Bon sang, il ne pouvait pas la quitter des yeux.

— Qu'est-ce qu'il y a dans le dossier ?

Kaylee leva aussitôt les mains pour se couvrir, pivotant la tête vers lui, les yeux écarquillés par la panique.

Il lui tourna délibérément le dos pour lui laisser son intimité.

Mais le petit malin pouvait voir son reflet dans le miroir du meuble de salle de bains.

Alors qu'il l'observait à la dérobée, en voyeur sans scrupules un peu maso, il put voir la tension la quitter et ses épaules se détendre.

— Des papiers sur lesquels ils ont besoin de ta signature aussi vite que possible. J'ai promis de te les apporter et d'envoyer une photo par e-mail à Amber au bureau.

— Je m'en occupe, marmonna-t-il avant de s'échapper de la pièce.

Une fois de plus, cette étrange sensation de déchirement s'empara de lui lorsqu'il s'éloigna, plus forte que la dernière fois. Il reporta toute sa concentration sur la paperasse, puis la glissa dans le scanner et envoya le tout au travail.

Maintenant, il n'y avait plus qu'elle, lui et la fièvre.

Une fois que Kaylee se serait réchauffée et serait sortie de la douche, il lui prêterait des vêtements secs. Puis ils s'assiéraient dans le salon comme des adultes raisonnables et ils discuteraient de l'avenir.

Non. Meilleure idée, suggéra son ours. *Tu ne te sens pas bien. Tu devrais aller au lit.*

C'était brillant, le plan parfait. Il était même un peu surpris que son ours ait eu cette idée. Bien sûr. Elle serait habillée, et lui serait sous les draps. Cela leur laisserait largement de quoi parler des faits.

Il retira toutes les couches qu'il avait accumulées – *mais enfin, pourquoi portait-il un pull et un sweat à capuche ?* –

et se faufila dans son lit, entièrement nu. Il tira la couette légère par-dessus son corps imposant et chercha à trouver la position parfaite pour que Kaylee ait la place de s'asseoir à côté de lui afin de discuter, lorsqu'elle serait prête.

Comme des amis. Comme de vieux amis qui tenaient tendrement l'un à l'autre.

Comme de vieux amis qui allaient s'envoyer en l'air toute la semaine.

Soupir de bonheur.

Il resta allongé là, les yeux mi-clos, essayant de se mettre dans l'ambiance. Il changea de position pour réduire la pression exercée par son sexe, qui palpitait d'excitation.

La douche s'éteignit. Il était incapable de stopper les images qui lui vinrent à l'esprit. Kaylee en train d'attraper une serviette. Kaylee en train de frotter le doux coton sur l'ensemble de sa peau douce, ses seins, entre ses jambes.

Il roula légèrement pour donner plus d'espace à sa queue.

La porte s'ouvrit enfin et des bruits de pas presque silencieux se firent entendre dans la pièce.

Ferme les yeux, lui suggéra son ours.

Brillant, répondit-il par la pensée.

Il les ferma, se fiant uniquement à son ouïe pour suivre les mouvements de Kaylee. Un jeu de cache-cache comme quand ils étaient petits. Elle ne le voyait jamais tant il restait immobile. Jusqu'au moment où il était prêt à surgir et à la surprendre.

Sa commode s'ouvrit et se ferma. Une pause, puis les pas de Kaylee s'approchèrent du lit. Ils s'arrêtèrent.

Elle sentait... *Oh, mon Dieu*, elle sentait si bon. Il prit une profonde inspiration et la relâcha doucement, salivant rien qu'à l'idée de son odeur dans l'air.

Elle s'approcha.

Il entrouvrit un œil.

Et ceci, ce simple instant, le conduisit à sa ruine.

Kaylee avait une serviette enroulée autour de la tête. Elle avait pris l'un de ses t-shirts dans la commode et l'avait enfilé. La lumière du couloir brillait à travers le tissu fin, laissant deviner son corps parfait lorsqu'elle se retourna. Une femme pulpeuse tout en courbes et en creux.

La partie de son cerveau qui, en temps normal, lui aurait recommandé de ne pas perdre le contrôle fut grillée par la chaleur qui l'envahit.

Il ouvrit les deux yeux et laissa un grognement sourd lui échapper. Kaylee se retourna sur-le-champ et son haut se souleva légèrement pour dévoiler un peu mieux ses longues jambes. Il fut incapable de résister.

James tendit la main et lui attrapa le poignet, la piégeant sur place.

5

*O*urs de malheur.

Elle était pratiquement convaincue que James dormait. Son bras avait surgi si soudainement que son cœur s'était emballé, mais lorsqu'elle s'installa sur le matelas près de lui et posa son autre main contre son front, l'inquiétude remplaça son moment de panique.

Il était brûlant.

— Mon pauvre, ça ne va pas... Ne t'inquiète pas, le rassura-t-elle de façon aussi apaisante que possible, lui caressant les cheveux pour dégager son front. Je vais m'occuper de toi.

— Tu promets ? chuchota-t-il.

— Bien sûr.

Sa tête devait le faire souffrir. Elle laissa ses doigts courir le long de sa joue, sa barbe de fin de journée rêche sous la paume de sa main.

— Je sais ce dont j'ai besoin, grommela James d'une voix grave et sourde.

Son grondement était une douce caresse sur sa peau.

— Un jus de fruits ? proposa-t-elle. De l'aspirine ?

D'un coup sec, il la déséquilibra.

Retenant un cri, Kaylee tendit les bras pour éviter la chute et ses mains atterrirent de chaque côté du corps de James. La serviette était toujours enroulée autour de sa tête, mais elle avait glissé légèrement par-dessus l'un de ses yeux. Il ne lui avait fallu qu'une seconde pour se retrouver entièrement étendue sur son torse ferme, dont la chaleur était aussi ardente que si elle venait d'atterrir sur une pierre chauffée par le soleil.

Hmmm. Sympa. Son chat intérieur n'eut aucun problème à exprimer son approbation.

Quant à Kaylee ? Elle se sentait excitée et coupable à la fois.

Il avait relâché son poignet uniquement pour poser une main au bas de son dos, plaquant leurs corps l'un contre l'autre. L'autre était enroulée autour de sa nuque, assez fermement pour avoir le contrôle, assez délicatement pour la caresser.

Son corps musclé et solide sous le sien, la longueur rigide de son...

Oh, mon Dieu. Son membre était pressé contre elle. Incroyablement dur et épais.

Eh bien, c'est impressionnant, observa sèchement son chat.

Chut, je suis en plein milieu de quelque chose, l'avertit Kaylee.

Les yeux de James scintillèrent comme s'il avait entendu son dialogue intérieur.

— Ce dont j'ai besoin... commença-t-il comme s'ils étaient assis à la table de la cuisine à décider quoi commander pour le dîner. C'est très simple.

Elle se tortilla, mais arrêta immédiatement. En changeant de position, elle se frottait contre toutes les surfaces dures sur lesquelles elle était plaquée, et c'était probablement dangereux.

— James, tu dois me laisser me relever.

— Non, j'ai besoin que tu sois là.

Kaylee ouvrit la bouche, mais elle dut la refermer.

— Non. Désolée, tu as trop de fièvre pour comprendre.

Il roula jusqu'à ce qu'elle se retrouve sous son corps, arrachant la couverture du lit au passage. Les coudes appuyés de part et d'autre de ses épaules, les hanches entre ses cuisses. Les jambes de Kaylee s'étaient ouvertes et il s'assemblait parfaitement avec elle, comme une pièce de puzzle dont les reliefs s'alignaient.

Génial, cette pensée allait désormais donner aux puzzles une connotation bien plus érotique qu'il ne le faudrait....

James baissa la tête et frotta sa joue rugueuse contre la sienne.

— Hmmm, murmura-t-il. Tu sens bon.

— *James*.

Elle prononça son prénom avec fermeté, dans l'éventualité où le volume parviendrait à pénétrer son cerveau cotonneux.

— Tu dois arrêter.

Elle glissa ses mains par-dessus ses épaules avec l'intention de le repousser, mais dès l'instant où elle toucha sa peau nue, un élan d'envie la traversa de manière fulgurante. Comme si un courant avait jailli des paumes de ses mains, puis le long de ses bras, et avait déferlé jusque dans son clitoris pour un impact à haute tension.

Kaylee haleta, le souffle court, lorsqu'il bougea les hanches. La pression se déplaça sur tous ses points sensibles et lui donna le frisson.

Peut-être était-ce *elle* qui était fiévreuse. C'était ça : elle s'était perdue en chemin pour se rendre chez James et ils avaient retrouvé son corps trempé des jours plus tard. Elle était désormais dans le coma.

Un coma sexuel, à en juger par les indices, et s'en réveiller serait très triste.

Oh, arrête un peu. Tu dramatises, commenta son félin d'une voix traînante.

Je suis occupée, lui rappela Kaylee vivement.

James se retira juste assez pour croiser son regard.

— Je vais t'embrasser, la prévint-il.

— Euh, avec ce virus qui traîne...

Il fit taire ses protestations. Doucement, effleurant ses lèvres du bout des siennes. D'avant en arrière, délicatement, jusqu'à ce qu'elle ait besoin de toute son énergie rien que pour inspirer et expirer.

Et pourquoi pas ? Si elle était victime d'un coma sexuel, elle ne pouvait pas être tenue responsable de ses actes malencontreux. Enfouissant les doigts dans ses cheveux, elle lui rendit son baiser.

Toute douceur se volatilisa. Dès l'instant où elle s'approcha de lui, James la dévora. Sa langue trouva la sienne et en prit possession. Son poids la plaquait sur place, ses doigts guidant sa tête pour trouver la position parfaite afin de s'attaquer à sa bouche.

Tout n'était que chaleur, passion et merveille. Kaylee fondait sur le matelas à mesure que son corps s'imbriquait avec le sien et un feu ardent parcourait sa colonne vertébrale. Son esprit s'endormit alors que toutes les parties de son corps s'enflammaient de désir.

Lorsqu'il se détacha de ses lèvres, ce fut pour embrasser, mordre et lécher sa mâchoire. Sous l'oreille – *frisson intense* – et le long de son cou.

— James. Arrête, chuchota-t-elle.

Étonnamment, il s'exécuta. Une immobilité absolue, entre deux respirations, sa bouche encore en contact avec sa peau.

Son pouls diffusait le sang dans son organisme si fort qu'elle fut étonnée que les murs ne résonnent pas sous le coup de ses pulsations.

Là... cette... *chose* qui se produisait entre eux n'était pas normale. C'était génial, et incroyable, et terriblement tentant, mais...

Un souvenir se fraya un chemin dans son regard lubrique, tout près de la surface.

— James. Que se passe-t-il ?

— J'ai besoin de toi, gémit-il, ses lèvres sur sa peau lui donnant la chair de poule.

— Bien sûr que tu as besoin de moi. Tu es malade, je suis ton amie...

— Je veux que nous soyons ensemble. C'est ce que j'ai toujours voulu, et maintenant, je peux te garder.

Génial. Il était si fiévreux qu'il délirait. Il était difficile de prononcer ces mots, mais elle se força à dire la vérité.

— Nous ne sommes pas ensemble, mon vieux. Nous sommes de très, *très* bons amis qui ne devraient pas être allongés et emmêlés l'un contre l'autre. Tu vas le regretter demain matin.

— Jamais. Je veux choisir, pas laisser le sort décider. Je te veux pour toujours. Je veux que tu sois ma compagne.

Compagne...

Est-ce qu'il a dit « compagne » ? murmura son chat. *C'est si... inattendu.*

Merde. Elle comprit entre deux pulsations d'envie. Aucune personne ayant passé du temps en compagnie d'ours polaires métamorphes ne pouvait ignorer la fièvre d'accouplement et ses conséquences.

Oh non. Oh non, non, *non*. Peu importe qu'elle craque pour cet homme depuis longtemps, elle ne pouvait en aucune façon le laisser commettre une telle erreur.

Kaylee resserra sa prise dans ses cheveux et tira violemment.

Elle avait arraché une touffe de ses cheveux, ce qui le fit réagir. Ce fut suffisant pour qu'elle puisse le regarder droit dans les yeux.

— James. Mon vieux. Est-ce que tu as la fièvre d'accouplement ?

Ses lèvres étaient retroussées en un sourire délicieux. Son regard se baissa pour la fixer comme si elle était un dessert et qu'il s'était trop longtemps comporté en garçon bien sage.

— Je t'ai, toi. Tu es dans mes bras. Je vais te faire l'amour toute la nuit, et puis, demain matin, je vais recommencer et je ne m'arrêterai jamais. Jamais, pas même quand nous serons vieux. Même quand je te dirai toutes les choses cochonnes que je veux te faire. Nous serons ensemble pour toujours.

Super, génial. Assurément la fièvre d'accouplement.

Kaylee tapota doucement sa joue.

— D'accord. Bon, ce n'est peut-être pas une bonne idée que je sois là en ce moment. Vu que tu es en chaleur avec la fièvre d'accouplement et tout ça, et que je ne suis pas une personne très indiquée pour être ta compagne.

— Tu es parfaite, grogna-t-il sourdement en fronçant les sourcils. Kaylee parfaite.

Elle vit son ours dans son regard. *Merde.*

Elle le caressa de nouveau, cherchant à apaiser la bête.

— OK, mon grand. J'ai besoin de...

Réfléchis. Réfléchis, Kaylee.

— Je dois faire quelque chose d'abord. D'accord ? Tu as

besoin d'aller prendre une douche, et moi, je vais aller prendre un... truc dans le... machin.

Il avait l'air perplexe.

— Vraiment ?

— Hum hum, répondit-elle en hochant la tête et en grattant son épaule.

L'ours la regardait.

— Va te doucher, murmura-t-elle. Je reviens tout de suite.

Sa réticence à la laisser était évidente, mais elle continua à sourire et à hocher la tête pour l'encourager.

— J'ai besoin de prendre une douche ?

Elle ne se rappelait pas avoir entendu dire que la fièvre d'accouplement rendait les mecs idiots, mais bon, elle devait faire avec.

— Une douche. Pendant que je vais... prendre le truc.

Pendant une fraction de seconde, elle pensa qu'elle était foutue. Il se balança contre elle doucement, ses muscles fermes et sa peau douce la poussant à la limite de la raison.

Mais il finit par se lever, la fixant de ses yeux sombres d'ours lorsqu'il la remit sur pieds à côté de lui. Il se pencha légèrement et releva son menton.

— Je vais me doucher, et à mon retour, tu seras à moi.

Kaylee n'était pas prête pour le baiser qu'il lui donna. Pour la chaleur et l'empressement, pour la façon dont son corps entier la faisait souffrir et la suppliait de le suivre dans la douche et de le laisser accomplir ses désirs.

Lorsqu'il recula, le souffle haletant et la poitrine secouée, les yeux fiévreux, elle sut qu'elle devait faire le bon choix.

À l'instant même où il entra dans la salle de bains, elle passa à l'action. Elle arracha la serviette de ses cheveux et les attacha à la va-vite avec un élastique qu'elle trouva sur la commode.

Elle attrapa ses chaussures mouillées et les vêtements qu'elle avait étendus sur des chaises pour qu'ils sèchent, puis détala dans le couloir, s'arrêtant juste assez longtemps pour enfiler ses chaussures et fourrer le reste de ses affaires dans un sac qu'elle avait trouvé sur le plan de travail de la cuisine.

De l'autre côté de la fenêtre, la tempête battait son plein.

Sérieusement ? Appartement chaud, homme torride, et tu veux qu'on sorte là dehors ? s'indigna son chat.

On ne peut pas rester, insista Kaylee.

Son chat se contenta de bouder, puis disparut à nouveau.

Kaylee frissonna, mais se força à continuer. Elle s'empara du plaid doux sur le canapé et entoura ses épaules comme si c'était un manteau, avant de quitter l'appartement presque en courant.

Attendre l'ascenseur fut une torture. Et s'il se rendait compte qu'elle était en train de s'enfuir ? Et si elle ne parvenait pas à partir à temps pour l'empêcher de faire la plus grosse erreur de sa vie ?

Le vent à l'extérieur causait des rafales violentes. Il hurlait dans la cage d'ascenseur, créant un sifflement semblable à des crissements d'ongles sur un tableau noir.

Les portes s'ouvrirent et Kaylee s'engouffra à l'intérieur, appuyant sur le bouton du rez-de-chaussée avant de s'acharner sur le bouton de fermeture. Elle retint son souffle en fixant la porte de l'appartement, espérant que l'ascenseur se fermerait à temps.

Dépêche, dépêche, dépêche.

Les énormes plaques de métal bougèrent enfin, coulissant l'une vers l'autre dans trois, deux, un...

Kaylee soupira avec soulagement. Une fois qu'elle se trouverait suffisamment loin, elle appellerait James. Ils auraient une conversation rationnelle et elle lui expliquerait pourquoi, même si elle l'aimait beaucoup et souhaitait rester son amie, elle ferait une terrible compagne.

Prendre le destin en mains ? Cela ne fonctionnait pas comme ça.

Un craquement soudain retentit, suivi d'un *boum* métallique qui résonna comme si quelqu'un avait lancé une boule de bowling dans une chute à linge. Une lumière bleue irradia à travers l'interstice entre les portes devant elle et une odeur de charbon se mit à flotter dans l'air.

L'ascenseur s'arrêta brutalement.

Les lumières s'éteignirent.

6

———

James était à deux pas de la douche lorsque quelque chose lui sembla clocher. La sensation lancinante dans son cerveau s'intensifia.

Pourquoi était-il en train de prendre une douche ? Il s'était douché plus tôt dans la journée, lorsqu'il était rentré de son voyage.

Il retourna dans sa chambre et regarda autour de lui, confus. Il y avait quelque chose qu'il était censé faire...

Était en train de faire... ?

Non. Impossible de retrouver ce que c'était.

Il marcha à grands pas vers le salon et faillit trébucher sur un jean trempé abandonné au sol. Il le souleva sans comprendre. Il le renifla. Une odeur familière emplit ses narines.

Pourquoi y avait-il un pantalon de Kaylee...

Kaylee ? Dans son appartement.

Sans pantalon.

Il se rua dans les autres pièces, mais elle ne se trouvait visiblement ni dans sa chambre, ni dans le salon, ni dans la cuisine. Ignorant la pluie qui cognait contre la vitre, James l'ouvrit vers le balcon. Il se pencha par-dessus la balustrade, observant le parking des visiteurs en contrebas.

Il repéra le pick-up bon pour la fourrière de Kaylee, ce qui ne l'aida pas à y voir plus clair.

Il venait tout juste de se redresser lorsqu'un éclair zébra le ciel comme dans une bande dessinée. La ligne blanche irrégulière explosa en partant des nuages noircis par la tempête et se dirigea droit sur son appartement. Le rugissement du tonnerre arriva en même temps que l'éclair, secouant les fenêtres, retentissant à un volume assourdissant dans ses oreilles.

Un instant plus tard, il vola dans les airs et fut projeté contre le mur en béton derrière lui.

Pendant un moment, tout ce que James put voir, ce furent les étoiles qui flottaient devant ses yeux. Tout le reste était plongé dans l'obscurité totale et ses oreilles sifflaient.

Une odeur de poils brûlés le fit plisser le nez avec dégoût et il leva les mains devant son visage pour constater que sa vision s'éclaircissait. Ses poils étaient recourbés et flétris sur ses phalanges, aux rares endroits où ils n'avaient pas été entièrement brûlés.

Eh bien, voilà qui avait été pour le moins excitant. Il n'avait jamais été touché par la foudre auparavant. Il se leva et secoua la tête pour se remettre les idées en place. Non, l'électrocution n'était pas une partie de plaisir qu'il espérait revivre de sitôt.

Il venait juste de fermer les portes du balcon derrière lui lorsque trois éléments parvinrent à sa conscience.

L'odeur de Kaylee dans sa suite, récente et nette.

Une douleur urgente dans ses tripes qui lui indiquait qu'il devait la retrouver, *et vite*.

Le son distinct de son téléphone avec la sonnerie attitrée à Cooper.

Les habits qu'il portait lors de son dernier déplacement se trouvaient sur sa table, en tas informe, son téléphone portable par-dessus. Alors même que James répondait à l'appel, les souvenirs des dernières heures se firent plus clairs dans son esprit, bien qu'il ne fût pas tout à fait certain de ce qui les avait perturbés en premier lieu.

Putain de merde, cela avait été la journée la plus étrange de sa vie, et elle était loin d'être terminée. Il prendrait cet appel, et ensuite, il devrait retrouver la trace de sa compagne.

— Quoi ? fit-il en décrochant. Je suis plutôt pressé.

— Tu es plutôt dans un sacré pétrin, oui, rétorqua Cooper. Comment tu te sens ?

James se rendit vers sa chambre pour s'habiller afin de poursuivre Kaylee et arranger ce qu'il avait brisé entre eux aussi vite que possible. Il espérait aussi avoir l'occasion de coucher avec elle pour en faire sa compagne.

— Agacé. Mon frère insiste pour me parler alors que je suis en proie à la fièvre d'accouplement, et que ma femme a disparu pour je ne sais quelle raison. Oh, et il n'y a plus d'électricité. Oh, et j'ai été frappé par la foudre. *Agacé*, ça résume plutôt bien la situation.

Le silence de mort à l'autre bout du fil était inattendu.

— Parle ou je raccroche, ordonna James.

— Je suis surpris que tu sois aussi cohérent, avoua Cooper d'une voix tranchante.

Comme s'il avait lu les pensées de son frère, il accéléra et en vint droit au but avant que James ne mette sa menace à exécution.

— Kaylee a appelé Amber qui m'a appelé. Il semble que Kaylee soit coincée dans ton ascenseur. Elle est inquiète parce que tu as la fièvre d'accouplement et que tu insistes pour faire d'elle ta compagne.

— Je veux qu'elle soit ma compagne. Bordel, l'ascenseur ? La surcharge électrique a dû faire sauter tout le réseau de l'immeuble quand la foudre a frappé. Je vais devoir descendre pour la sauver, dit James à la hâte. Appelle les services d'urgence pour qu'ils s'assurent que personne d'autre dans l'immeuble n'a besoin d'aide. Et que l'électricité revienne aussi vite que possible, d'accord ?

— Attends, répondit brusquement Cooper. Comment se fait-il que tu ne sois pas abruti par la fièvre en ce moment même ? C'est seulement la deuxième fois que ça t'arrive. Il m'a fallu des années pour cesser d'être un vrai zombie pendant mes sept jours de fièvre. Tu es sûr que c'est ce que tu traverses ?

Le besoin éperdu d'être avec Kaylee grandissait chaque minute et sa peau était en feu. Heureusement, son esprit demeurait parfaitement lucide.

— Peut-être que la foudre m'a retapé. Et pourquoi est-ce que ni toi ni Alex ne m'avez prévenu ? Enfoirés.

— Rite de passage. Mais du calme. Kaylee avait peur de t'appeler à l'aide. Peut-être que je devrais venir...

Un véritable rugissement s'échappa de la gorge de James à la pensée d'un autre mâle non accouplé près de sa Kaylee.

— Oublie ce que je viens de dire, ajouta calmement Cooper. Tu es certain de savoir ce que tu fais ?

James rit.

— Bien sûr. La foudre, c'est parfait pour vous requinquer un homme. Je pense même savoir pourquoi elle n'a pas voulu mon aide, mais ne t'inquiète pas. Tout ira bien. Elle m'appartient. Nous sommes faits pour être ensemble.

Il n'attendit pas que Cooper lui dise au revoir. Il visa juste le bouton « raccrocher » et termina de s'habiller.

Kaylee disposait visiblement d'un téléphone en état de marche, mais l'appeler pour la prévenir qu'il était en chemin n'allait pas la sauver plus vite. Il fourra les fournitures de secours dans un sac, enfila son manteau et se rendit vers le poste de contrôle de l'ascenseur.

Heureusement, Alex, en tant que chef de la sécurité, avait insisté pour que tous les membres de la famille connaissent le fonctionnement interne des voies d'évacuation possibles de leurs immeubles respectifs.

Bien sûr, son frère avait déliré à propos d'espionnage, de kidnappings et autres scénarios improbables sur le moment, mais le résultat, c'était que James savait exactement quels panneaux retirer pour avoir accès aux câbles de l'ascenseur en panne.

Il éclaira l'obscurité de sa lampe-torche, puis contrôla la régie centrale.

— Bordel.

La cage d'ascenseur était bloquée entre deux étages. Il n'y avait aucune façon simple pour Kaylee d'entrer ou de sortir sans qu'il la rejoigne.

Bon, une chose à la fois ; au moins, être bloqués ensemble leur offrirait du temps pour discuter sans qu'elle puisse s'enfuir.

James enfila les gants de cuir qu'il avait trouvés sur la tablette de travail à côté des commandes, suspendit son sac par-dessus son épaule et se prépara à passer à l'action.

Peut-être qu'il valait mieux la prévenir...

— Hé, Kaylee.

Plusieurs étages en contrebas, il entendit son cri de surprise. Des paroles suivirent, quelque peu étouffées.

— James ? Non, tu dois rester à l'écart.

— Je dois être avec toi, Kaylee Kat. Ne t'inquiète pas. J'ai tous mes esprits cette fois.

Il attrapa le câble épais dans ses deux mains.

— Je vais atterrir sur le toit de l'ascenseur dans un instant. Tu peux te préparer à un choc, d'accord ? Ce sera juste moi.

— J'ai peur, avoua-t-elle. Si peur.

— Je vais arranger ça, lui promit-il en tenant la lampe-torche entre ses dents avant de sauter.

La descente aurait été exaltante si cela n'avait pas été une mission de sauvetage. James progressait à vive allure le long du câble, mais il s'efforça d'atterrir aussi délicatement que possible pour éviter de faire balancer Kaylee. La pauvre était déjà assez inquiète comme ça.

Ses pieds touchèrent l'ascenseur, et il retira vite la lampe de sa bouche, dévissant la trappe du plafond tout en parlant :

— Je suis là. Tu es en sécurité.

Il souleva la plaque et l'enleva du milieu avant de glisser la tête dans la cabine noire où sa femme était bloquée.

Kaylee était recroquevillée dans un coin, enveloppée dans l'un de ses plaids. Elle tenait son téléphone devant elle comme une bougie, la lumière dorée de l'écran se reflétant sur son visage.

Son visage inquiet, strié de larmes. À la vue de sa peur et de sa tristesse, une boule se forma dans son estomac.

— Oh, mon cœur, ça va aller. Tout va bien se passer.

Elle secoua la tête.

— Je suis tellement désolée.

James se força à rire comme si cela ne le dérangeait pas du tout.

— Il n'y a pas de quoi être désolée. Laisse-moi poser ce que j'ai apporté, et je serai avec toi.

Une fois qu'il l'aurait dans ses bras, il ne la lâcherait plus.

7

Il lui avait fallu plusieurs minutes, et non pas des secondes, avant de réagir après avoir été plongée dans le noir.

Elle avait d'ailleurs dû fermer les yeux et prétendre être simplement assise dans sa chambre pour parvenir à cesser de trembler et attraper son téléphone afin de demander de l'aide.

Son félin intérieur ne lui était d'aucun secours – non seulement la créature était furieuse d'avoir quitté l'appartement chaud, mais son chat détestait les endroits sombres tout autant que Kaylee.

La bête ne l'admettrait jamais, bien sûr.

Et maintenant, avec James qui descendait vers elle, une vague de tristesse l'enveloppait, encore plus forte que la peur qui l'avait ébranlée dans le noir.

Elle n'avait pas réussi à le sauver.

Avec beaucoup de chance, elle parviendrait à le garder à distance. Cependant, tous les deux enfermés dans un espace clos, ils ne risquaient pas d'y arriver, compte tenu de ce qu'elle avait entendu à propos de la fièvre d'accouplement.

Et surtout de la façon dont il s'était comporté avant qu'elle ne s'échappe de son appartement.

Les pieds de James touchèrent le sol et l'ascenseur bougea. Kaylee ferma les yeux, crispant la mâchoire pour éviter de crier.

Elle fut alors soulevée dans ses bras, blottie contre son corps.

— Je suis désolé de t'avoir fait peur tout à l'heure, murmura-t-il.

James s'adossa contre le mur et se laissa glisser au sol. Elle se retrouva sur ses genoux, ses jambes sur les siennes.

Une main derrière la tête de Kaylee, il la rapprocha de son torse avant de remettre la couverture en place autour d'eux. Il se contenta de l'étreindre.

Après avoir été terrifiée que l'ascenseur ne descende en chute libre, elle accueillit avec soulagement ce moment de protection. Le cœur de James cognait furieusement à son oreille et sa respiration s'apaisa. Elle tenta de s'adapter à son rythme et se surprit à se détendre dans l'obscurité, protégée par le grand ours métamorphe qui était son ami depuis toujours.

Celui qui était sur le point de commettre une terrible erreur. *Oh, là, là.*

— Hé, dit-il doucement pour l'apaiser en décrivant des cercles dans son dos. Tout va bien.

Elle ne put empêcher la tension de revenir au galop.

— Tout ne va pas bien, à aucun niveau.

— Eh bien, vu que nous n'avons pas vraiment d'autre endroit où aller pendant un bon moment, peut-être devrions-nous parler de la raison pour laquelle tu es tendue comme une corde ?

— Tu comptes t'obstiner longtemps ? se plaignit-elle.

— Obstiné comme un ours, répondit-il avec ironie.

La phrase était familière, si chaleureuse que Kaylee s'éloigna. Elle sortit son téléphone et alluma l'écran pour pouvoir observer son visage.

Il souriait. Ou du moins, ses lèvres étaient étirées vers le haut. Mais il y avait un soupçon de tristesse dans son regard qui lui brisa le cœur.

— Pourquoi est-ce que tu me regardes comme ça ? lui demanda-t-elle sincèrement.

— Parce que je suis heureux d'être ici avec toi, mais que je suis désolé de t'avoir fait fuir. Nous pourrions vivre cette panne de courant dans la sécurité de mon appartement en ce moment même.

— Rester avec toi n'était pas une bonne idée, commenta-t-elle d'une voix mal assurée.

Et être assise sur lui, ce n'était pas très intelligent non plus. Il ne semblait plus se comporter de façon étrange, mais il était toujours aussi torride.

Il ne pouvait quand même pas simplement éteindre la fièvre d'accouplement, si ?

Kaylee se tortilla avec l'intention de se déplacer dans un coin de la cabine.

Non. Ses bras resserrèrent leur emprise.

— Reste où tu es. Tu as froid et nous parlerons mieux si tu restes assise ici que si tu te gèles toute seule.

Elle grogna contre lui, frustrée.

— Tu te la joues autoritaire.

— Tu n'as encore rien vu, Banks. Alors, commençons ta foutue liste de tout ce qui ne va pas en ce moment dans ton monde, d'accord ?

Sa foutue liste ? Elle pencha son téléphone pour

illuminer son propre visage, lui montrant son regard furieux et désapprobateur.

James rit.

D'accord. Donc il avait l'intention de jouer les petits cons alors qu'elle essayait de le sauver de lui-même ?

— Nous sommes coincés dans un ascenseur qui pourrait tomber et nous tuer à tout moment.

— Il y a ici le meilleur système de sécurité que mon grand frère intrusif a pu acheter, précisa-t-il. Cooper n'a pas lésiné sur les moyens pour avoir des systèmes d'urgence prévus exactement pour ce genre de situation.

Elle prit le temps d'y réfléchir et cligna des yeux lorsque James ricana, visiblement amusé.

— Je pense quand même que mon idée de source d'alimentation de secours aurait été plus pratique, mais c'est une discussion que j'aurai avec lui la prochaine fois que je le verrai.

Oh.

— Donc, on est en sécurité ?

— Sains et saufs. Mais coincés. En tout cas, jusqu'à ce que Cooper trouve une façon de remettre l'électricité en marche.

Elle pouvait au moins rayer la mort de sa liste de sujets de préoccupation.

Quant au reste...

Elle inspira profondément et cracha le morceau.

— Tu as la fièvre d'accouplement, ou tu l'avais, et tu délirais en disant que tu me voulais comme compagne. En réalité, tu ne peux pas. Je veux dire, tu es mon meilleur ami et je t'adore. Je pense vraiment que tu es attirant, sexy même, mais il est impossible que tu puisses être avec moi pour toujours. Tu es... *toi*. Je suis... *moi*. Je serais une terrible compagne.

Il frotta son menton contre le haut de sa tête et fredonna joyeusement :

— Tu penses que je suis sexy ?

Arghhh.

— Tu n'as retenu que *ça* de ma confession ? aboya-t-elle.

— À part le passage où tu disais que j'étais ton meilleur ami, c'était la seule partie qui valait la peine d'être écoutée.

Oh. Bon sang. Non.

Elle le saisit à deux mains par le col de sa chemise et le secoua. Elle devait s'assurer qu'il comprenne.

— Je suis terrifiée par tant de choses, et toi, tu es le visage public de ton entreprise familiale. Je ne peux pas parler à des inconnus, je ne peux pas me rendre à des rendez-vous d'affaires aux quatre coins du monde parce que j'ai peur de prendre l'avion. Je préférerais *mourir* plutôt que de devoir me tenir sur une scène à côté de toi et papoter avec des gens.

— C'est ce qui te met dans un tel état ?

Un petit cri lui échappa lorsqu'elle fut soulevée dans le noir. James l'avait attrapée et retournée, si bien que, lorsqu'elle atterrit, elle se retrouva à califourchon sur lui.

La main de James retrouva son cou. L'autre main atterrit sur le bas de son corps, l'empêchant de s'éloigner.

— Voyons si je peux répondre au reste de tes inquiétudes. Oui, j'ai la fièvre d'accouplement, et oui, je délirais... Je suis désolé. Tu pourras t'en prendre à Alex et à Cooper plus tard pour ne pas m'avoir prévenu que les premières années de fièvre poussaient à une stupidité où l'ours prend le contrôle.

Bon, ça collait.

— J'ai vu ton ours dans tes yeux... Attends. Tu as encore la fièvre ?

Il l'ignora et continua :

— Je te présente mes excuses pour avoir déliré, mais pas pour mon désir de t'avoir comme compagne. Tu es ma meilleure amie, Kaylee. Et je t'adore, aussi. Tu es tellement sexy et je ne peux rien imaginer de plus fort que mon envie de t'avoir à mes côtés pour toujours.

— Tu ne m'écoutes pas, hurla-t-elle, même si la partie « tellement sexy » était plutôt agréable à entendre. Je serais *nulle* avec toi.

— Ce n'est pas un entretien d'embauche, déclara-t-il en retour, plus fort qu'avant, sans tout à fait atteindre le volume de Kaylee. Je ne cherche pas un associé pour la com. Je cherche une compagne.

Elle n'avait rien vu venir. Au premier sens du terme, étant donné qu'il faisait complètement noir et qu'ils avaient tenu l'ensemble de cette conversation dans une petite boîte en métal de deux mètres carrés où leurs paroles résonnaient contre les murs.

Il la surprit la bouche entrouverte, dans un baiser empli de chaleur et d'humidité, tout en langue et en dents. La main au bas de son dos l'attira plus fermement vers lui jusqu'à ce que toute la partie frontale de leurs corps soit en contact.

La peur qui s'était emparée d'elle plus tôt fut entièrement engloutie par la ferveur avec laquelle il prenait possession de sa bouche. Si elle craignait qu'il prenne une décision terrible, la passion qui rugissait entre leurs corps eut tôt fait d'étouffer ses appréhensions.

Tout ce qui n'allait pas fut mis de côté par un désir qui avait été rejeté bien trop longtemps, mais qui, à présent, embrasait tous les nerfs de son corps et ébranlait son être entier.

Elle avait essayé de l'arrêter. Elle avait échoué. Maintenant, c'était au sort d'en décider.

Kaylee glissa les doigts dans ses cheveux épais et les empoigna fermement. Elle colla ses lèvres aux siennes pour pouvoir lui donner en retour autant que ce qu'elle recevait. Sa langue l'effleura et elle gémit.

Elle n'avait plus froid, elle n'était plus seule ni inquiète, c'était elle la gagnante dans cette affaire.

Même si cette pensée l'attristait.

James sépara leurs lèvres, à bout de souffle, essayant de lutter pour garder le contrôle de lui-même. Il appuya son front contre le sien et parla à voix basse :

— Tu es parfaite comme tu es. Je te le jure.

— C'est juste que...

— *Kaylee.*

Elle inspira profondément.

— Je ne veux pas te faire de mal, chuchota-t-elle.

Il l'embrassa tendrement.

— Alors, ne t'enfuis plus, ne m'abandonne plus. Ce serait la seule chose que tu pourrais faire qui me fasse souffrir.

C'était une requête raisonnable.

— Je suis désolée.

— Tu es toute pardonnée. Promets-moi de me parler si tu t'inquiètes, comme nous avons toujours parlé de tout.

Elle ricana.

— Ce n'est pas vrai.

Un silence perplexe s'ensuivit tandis qu'il caressait la nuque de Kaylee du bout des doigts. Il l'effleurait, la taquinait.

— De quoi n'avons-nous pas parlé ?

C'était si simple de sourire dans l'obscurité, où il ne pouvait pas la voir.

— Tellement sexy ? Je n'en avais pas la moindre idée.

Un rire grave lui échappa.

— Moi non plus. Mais je suis content que tu ressentes la même chose. Je veux que ma compagne ait envie de me sauter dessus.

— On pourrait arranger ça, murmura-t-elle.

Elle se blottit contre son torse, essayant de mettre de côté les inquiétudes persistantes qu'il semblait si désireux d'écarter.

— Mais est-ce que je peux te demander que notre première fois ne soit pas dans un ascenseur ?

— On pourrait rester là un bon moment, la prévint-il, s'ils n'arrivent pas à remettre le courant en route. Je pourrais avoir du mal à résister à la fièvre d'accouplement.

Kaylee avait oublié cette partie. Il se contrôlait tellement mieux, désormais, qu'elle avait tendance à l'oublier.

— Est-ce que tu souffres ?

— Un peu. Tu peux arranger ça, cependant.

— Ah oui ?

— Il m'en faut un peu pour me remettre à flot.

Elle cessa de caresser son torse avec attention.

— Un peu de quoi ?

Ses lèvres frôlèrent son oreille.

— De toi. Parfaite, merveilleuse et *délicieuse* Kaylee.

8

James avait envie de se botter les fesses pour ne pas avoir compris plus tôt que toutes les protestations de Kaylee étaient des tentatives de se montrer noble, et surtout, un gros manque de confiance en elle.

Comment pouvait-elle croire qu'elle n'était pas parfaite pour lui ?

Même la façon dont elle se serrait contre son corps, dont ses mains le caressaient pour essayer de soulager sa douleur, c'était exactement ce dont il avait besoin.

Bien sûr, il avait besoin d'un peu plus, mais il avait assez de contrôle pour que la fièvre d'accouplement ne lui fasse pas plus d'effet qu'une intrigue fascinante dans une série télé. Il pouvait voir le moment-clé approcher, mais en attendant, il se contentait d'imaginer comment ils passeraient à l'acte.

Le début de l'éternité. Il n'avait pas besoin de se presser.

D'ailleurs, maintenant qu'il était en pleine possession de ses capacités mentales, il se rendait compte que plusieurs options s'offraient à lui pour faire de ce moment bien plus qu'une simple validation de l'attirance animale qui s'exerçait entre eux.

Il prit le visage de Kaylee entre ses mains et pressa ses lèvres contre les siennes dans un baiser empreint de tendresse.

— Ne bouge pas.

Il ne lui fallut qu'un instant pour l'installer sur le côté, ramenant délicatement la couverture autour de ses épaules pour la maintenir au chaud.

Un petit rire lui échappa des lèvres, jouant avec ses sens.

— Zut alors, j'avais prévu de faire un entraînement de CrossFit.

James récupéra le sac qu'il avait emporté, ouvrit le compartiment frontal et en sortit deux lampes-torches.

— Si tu veux faire de l'exercice, je suis plutôt certain de pouvoir faire accélérer ton rythme cardiaque.

Il alluma la première lampe, la réglant pour qu'elle diffuse une lueur chaude. Il en fit de même avec la seconde, puis les coinça dans les coins de l'ascenseur. La lumière se réfléchissait contre les miroirs décoratifs, transformant la cabine en une oasis chaleureuse.

James jeta un coup d'œil vers Kaylee pour découvrir que ses yeux étaient grand ouverts et que ses lèvres brillaient comme si elle venait juste de les humecter.

Oh, oui, il pouvait assurément faire quelque chose pour que leurs cœurs battent la chamade.

Sa main dans le sac, il en sortit une bouteille d'eau qu'il lui tendit.

— Bois. Je ne veux pas que tu te déshydrates.

La chaleur dans son regard fut remplacée par un certain amusement.

— Tu viens de dire qu'on pourrait être bloqués là-dedans un bon moment. Si tu me donnes trop à boire, ça ne va pas bien se terminer.

Elle avait raison, même si elle n'avait pas vraiment de quoi s'inquiéter.

— Fais-moi confiance, dit-il doucement. Juste quelques gorgées.

Elle avait tant crié qu'elle était déshydratée et avait le gosier sec.

Elle haussa les épaules, acceptant son autorité bienveillante.

— Mais crois-moi quand je dis qu'il y a des choses que je ne veux pas partager.

Ce fut à son tour de rire. Lorsqu'elle lui rendit la bouteille, il la prit dans une main et la posa contre le mur en face des lampes. Une seconde plus tard, il attira Kaylee sur ses genoux pour qu'elle soit à cheval sur ses cuisses, prenant le temps de replacer la couverture sur ses épaules.

Kaylee garda les yeux baissés, la lumière éclairant sa mine inquiète.

— Et si je te faisais du mal ? demanda-t-elle à nouveau.

— C'est impossible, lui promit-il. Bon, comme nous sommes amis depuis toujours, peut-être que le plus simple, c'est encore d'y aller pas à pas.

— En douceur. C'est logique.

Elle déglutit et baissa le menton.

— Est-ce que je peux te toucher ?

Oh, bon sang, oui. En un tour de main, il se fut débarrassé de son t-shirt.

— Je t'en prie.

Comme ils avaient opté pour une séduction lente, il n'insista pas pour qu'elle en fasse de même. Au lieu de quoi, il attendit pendant que Kaylee plaçait ses paumes contre son torse. Sa caresse était douce lorsqu'elle commença à l'explorer, mais chacun de ses nerfs était sensible, en alerte. L'attente grandit lorsqu'elle le toucha du bout des ongles, sans même se rendre compte que sa respiration avait augmenté d'un cran.

Elle le caressa encore, écarquillant les yeux lorsqu'un grondement sourd qu'il ne put contrôler jaillit du plus profond de sa gorge.

Il l'observait. Avec une profonde inspiration, il absorba son odeur autant que possible. Il sentait chaque frémissement de son corps, qui faisait trembler ses doigts.

James posa les mains sur ses hanches, à la fois doux et possessif, pour s'ancrer lui-même et s'assurer de ne pas la tenir trop fort au risque de la blesser...

Il avait repris le contrôle, mais c'était un équilibre précaire.

Le bord du t-shirt de Kaylee était remonté et ses pouces caressaient à présent sa peau nue. Alors que les paumes de sa future compagne glissaient sur son torse et ses épaules, son regard se posa sur le point de contact entre eux et il s'accorda un instant de torture en y glissant les doigts. Un simple contact, infime, peau contre peau.

Elle passa la main sur son menton et sa barbe de quelques jours, un petit sourire aux lèvres.

— Je n'arrive pas à y croire.

La tristesse hantait encore son regard, et il devait faire quelque chose sur-le-champ. Il avait besoin qu'elle cesse de se tourmenter avant que l'instinct de protection en lui ne relâche à nouveau son ours.

— Tu penses trop, lui dit-il. Remédions à cela.

Il se pencha en avant de sorte qu'elle n'ait plus qu'à se rapprocher pour rejoindre ses lèvres. Lorsqu'elle le fit, ce fut lui qui éprouva un frisson viscéral. Sa peau s'embrasa lorsqu'il sentit son odeur sur ses lèvres, du bonheur et de la joie pure, comme si son âme lumineuse dansait sur ses papilles.

Il avait dit qu'elle était parfaite et, alors que le baiser s'intensifiait et que Kaylee glissait les mains par-dessus ses épaules et le long de son dos, leurs bustes pressés l'un contre l'autre, il eut la certitude que c'était vrai. Il n'avait jamais ressenti ça auparavant. Il n'avait jamais rien ressenti si profondément ni pleinement.

Le désir sexuel et le besoin d'être en elle lui laissaient une impression de braises intenses dans les tripes, et en même temps, l'idée que sa meilleure amie soit là, avec lui, sensuelle dans la lumière des lampes-torches, lui donnait le sourire.

C'était érotique, mais amusant aussi. Un peu comme eux.

Il sentit ses tétons pointer tout contre son torse, visiblement excités.

Kaylee remua la tête, interrompant le contact, et prit une inspiration avant de souffler tout doucement contre sa joue.

— Je ne pense plus très clairement, dit-elle.

— Encore, insista-t-il.

Elle rétablit le contact entre leurs lèvres, mais elle se saisit de ses poignets. Le baiser était une distraction agréable, pourtant il détestait devoir détacher ses mains de ses hanches.

À contrecœur, il la laissa faire. James était sur le point de protester lorsque Kaylee atteignit sa destination. Aussitôt, toutes ses terminaisons nerveuses s'embrasèrent.

Elle venait de lui plaquer les paumes contre ses seins.

— Bon sang, Kaylee.

Même à ses propres oreilles, sa voix semblait presque suppliante. Il comprit parfaitement lorsqu'elle éclata de rire.

— Je pensais que tu en voulais plus.

Ça alors, c'était un défi qu'il acceptait !

Il la toucha et elle gémit de plaisir, sa tête retombant en arrière pendant que ses doigts raffermissaient leur prise, les ongles enfoncés dans ses poignets.

Il roula son doigt et son pouce à nouveau, titillant ses tétons comme il l'avait fait un instant plus tôt.

— C'est ce que j'ai dit. Et c'est ce que tu veux aussi.

Sa respiration s'accéléra, son pouls battant frénétiquement à la base de sa gorge. Tout du long, James pinça et tira, soutenant le poids d'un sein lourd dans sa main tandis que l'autre continuait sa délicieuse torture.

Il avait l'intention d'y aller doucement, mais c'était impossible de ne pas s'emballer. Il souleva son t-shirt, exposant sa peau. Il ne lui fallut qu'une seconde pour la faire basculer dans une position qui lui permit d'enrouler ses lèvres autour de la pointe offerte de ses seins.

— *James.*

Son prénom n'était qu'un gémissement de désir.

S'y arrachant dans un bruit délicat, il lécha son mamelon et souffla dessus.

Kaylee se trémoussa entre ses bras, se mettant à genoux, l'aidant à se positionner pour qu'il puisse jouer avec elle plus facilement.

Parfait. Comme par magie, son t-shirt disparut et il se retrouva avec ses deux mains et sa bouche contre sa peau. Kaylee lâcha un cri, lui agrippant la tête.

Il se pourrait qu'il y ait ajouté les dents, cette fois.

— Oh, James. *Oui...*

Ce mot résonna alors qu'elle émettait un sifflement de plaisir. Il suça de nouveau, assez fort pour lui arracher un râle.

Il pourrait faire cela toute la journée, et un jour, il le

ferait. Mais en la voyant se trémousser, il comprit que sa femme avait besoin d'autre chose que de simples jeux de mains, aussi agréables soient-ils.

Il enfouit son visage entre ses seins et inspira profondément avant de lui saisir à nouveau ses hanches.

Un gémissement de désir monta du fond de sa gorge.

— Tout va bien, Kaylee Kat. Je vais m'occuper de toi.

Une autre promesse. Une promesse qu'il était éperdument désireux de tenir.

Il ouvrit un peu plus ses jambes jusqu'à ce qu'elles soient complètement écartées au-dessus de ses cuisses. Puis il lui prit les hanches et la rapprocha. Elle écarquilla les yeux et sa bouche forma un petit « O » de plaisir.

— Tu aimes ça ? lui demanda-t-il en souriant.

Les paroles qui sortirent de sa bouche n'étaient pas cohérentes, mais c'était bien compréhensible. Une fois de plus, il la fit balancer d'avant en arrière, frottant le creux de son sexe contre la barre de fer qui bombait son jean. Lorsqu'il se pencha en avant, juste un peu, leurs bustes se frottèrent, ses tétons contre les poils de son torse.

Kaylee s'empara de ses épaules, mordillant sa lèvre inférieure lorsqu'elle se joignit à lui et oscilla du bassin pour augmenter leur plaisir.

Il prit possession de ses lèvres et de sa bouche avec avidité, alors même que la pression sexuelle remontait à la base de sa colonne vertébrale. Une sensation de picotement à la fois familière et toute nouvelle. La langue de Kaylee se mêla à la sienne, ses ongles s'enfoncèrent dans ses épaules alors que sa cadence devenait frénétique, essayant d'atteindre l'extase.

Il relâcha l'une de ses hanches pour mieux remonter la main sur sa poitrine et attraper un sein, pressant son téton durci entre son pouce et son index. Son autre main s'appuya fermement contre le bas de son dos afin de mieux se coller contre elle.

Toute délicatesse s'était envolée. Il s'agissait à présent d'un mouvement effréné et sauvage entre eux, une danse parfaite, obscène et désespérée.

La tête de Kaylee retomba en arrière et un cri franchit ses lèvres. Son corps tressauta contre le sien, son cœur palpitant assez fort pour devenir un battement de tambour, sourd dans ses oreilles.

Il recula juste assez pour croiser son regard, et il n'en fallut pas plus pour le faire jouir, pas plus que le plaisir absolu et insouciant sur le visage de la femme dont il voulait faire son éternité.

9

———

Des baisers effleurèrent ses joues et sa mâchoire. Des mains cajolèrent ses seins doucement avant de descendre caresser ses cuisses. Son cerveau ne tournait pas tout à fait correctement, pourtant toutes les autres parties de son corps étaient en pleine forme. Peu importe que certaines parties n'aient pas été utilisées récemment.

Elles avaient fonctionné à la perfection, merci bien.

James pressa les lèvres contre sa tempe.

— Comment ça va, Kaylee Kat ?

S'attendait-il vraiment à ce qu'elle soit en mesure de parler ?

— Hum.

James partit d'un rire grave tout en passant langoureusement le doigt dans son cou. Il descendit de plus en plus bas, jusqu'à ce que sa main repose sur son sein.

— Moi aussi, reconnut-il.

— Si nous devons être coincés dans un ascenseur, j'imagine que ce n'est pas si grave.

Il rit d'autant plus.

— Tu veux dire que je t'ai convenablement divertie ?

— Eh bien, commença-t-elle pensivement, ce n'est pas aussi divertissant que le marathon Marvel que tu m'avais promis, mais ça fera l'affaire.

Un petit cri lui échappa lorsqu'il lui pinça les fesses et murmura un avertissement coquin :

— Sois sage.

— Qu'est-ce qu'il y a de drôle là-dedans ?

Kaylee prit son visage entre ses mains pour l'examiner attentivement.

— Est-ce que tu vas bien ? Je ne sais pas à quoi m'attendre, avec la fièvre et tout ça.

Il haussa les épaules.

— Je n'en suis pas très sûr moi-même, mais ça va aller. Maintenant que tu ne cherches plus à éviter l'inévitable.

Elle avait cessé de lutter, mais ses préoccupations n'en étaient pas moins présentes. Tout en elle lui hurlait que ce n'était pas juste pour James d'être coincé avec elle.

Enfin, chaque chose en son temps. Une fois que la vérité apparaîtrait clairement, ils devraient faire avec. Pour l'instant, elle ferait tout son possible pour s'assurer qu'il ne souffre pas, qu'il sache exactement à quel point elle tenait à lui. C'était la seule chose à laquelle elle pouvait penser qui l'aiderait à apaiser les problèmes à venir.

Kaylee frotta ses phalanges contre les poils rêches de sa joue.

— S'il y a quoi que ce soit d'autre dont tu as besoin, dis-le-moi.

Il leva un sourcil :

— Même si on est encore coincés dans un ascenseur ?

— Comme tu l'as dit, on pourrait être là un bon moment, soupira-t-elle. Je ne veux pas que tu souffres.

— Moi non plus. Je pense qu'on devrait miser sur une douche chaude et un lit moelleux pour le prochain round.

Ce n'était pas très féminin, mais elle ne put se retenir de grogner.

— Bien sûr. Ça marche.

Une seconde plus tard, elle était de nouveau soulevée dans les airs – *ours de malheur* – avant d'être posée sur ses pieds. Elle leva les bras pour retrouver son équilibre, mais James était là. Il la retint fermement jusqu'à ce qu'elle soit de nouveau stable.

— Attends là, ordonna-t-il en glissant la main de Kaylee contre le métal solide de l'ascenseur.

Elle s'appuya contre la paroi.

Il se baissa et fouilla dans le sac à dos avant de se diriger vers les portes. Il inséra un énorme tournevis dans la fente étroite entre les portes, exerçant une pression jusqu'à ce qu'un espace minuscule apparaisse. Par sa simple force brute, il sépara les battants. L'obscurité leur fit face, menaçante de l'autre côté.

Kaylee se colla plus fort contre la paroi.

— Est-ce que les doubles sécurités intégrées fonctionnent encore quand on ouvre la porte et... *oh, mon Dieu.* Qu'est-ce que tu fais ? hurla-t-elle lorsque James la souleva dans ses bras.

La lumière faible des lampes-torches, dans les angles de l'ascenseur, projetait des ombres mystérieuses sur son visage. Il sourit en la transportant vers l'ouverture, véritable piège mortel.

— Je pars chercher un lit.

Elle cria lorsqu'il fit un pas dans le vide.

Une seconde plus tard, il absorba le choc de l'atterrissage et elle ouvrit les yeux pour découvrir qu'ils se tenaient dans un couloir faiblement éclairé. Derrière eux, les portes de l'ascenseur étaient ouvertes, le plancher à hauteur de la taille de James.

Kaylee leva le poing et l'écrasa contre son torse.

— Quel abruti ! Tu m'as filé une de ces frousses.

Pourtant elle riait, et lui aussi se mit à rire en se penchant à nouveau vers l'ascenseur. Il attrapa l'une des lampes et la lui passa.

— J'aurais vraiment aimé que les caméras de surveillance fonctionnent, parce que ton visage était impayable.

— Tu as de la chance que je ne me sois pas pissé dessus, marmonna-t-elle.

Un énorme éclat de rire lui échappa.

— Tu es folle, Banks.

— J'ai de bonnes raisons d'être folle, rétorqua-t-elle.

Un bras autour de son cou, elle tendit l'autre devant elle pour que la lampe éclaire le couloir. Il s'approcha à grands pas de l'issue de secours, Kaylee blottie dans ses bras.

— Tout ça va un peu vite, et tu viens juste de nous jeter hors d'un ascenseur. J'ai cru que nous allions plonger vers notre mort.

Un grognement sourd lui échappa et Kaylee frissonna.

Bon sang, c'étaient quoi, ces grognements ? Ou plutôt, pourquoi avaient-ils un tel effet sur sa libido ? Bien sûr, il y avait une importante tension sexuelle de longue date entre eux, mais sa voix avait à présent un effet bien plus fort qu'elle ne l'aurait cru. Une chaleur torride déferla le long de sa peau.

Elle jeta un œil à son visage.

— Puisqu'on retourne à mon appartement pour continuer à profiter de la fièvre d'accouplement, je me vois mal faire quelque chose de stupide. J'ai envie de toi, Kaylee, et il n'y a rien désormais pour nous arrêter.

Pas même neuf étages, à l'évidence.

— Je... peux... marcher, articula Kaylee entre deux rebonds, pendant qu'il courait.

Il l'ignora, prenant de la vitesse sans la lâcher un seul instant. Ainsi... il avait gagné ?

Ils atteignirent le dernier étage et il ouvrit la porte de son appartement d'un coup d'épaule. Des signes çà et là témoignaient encore de sa fuite en quatrième vitesse, y compris un jean trempé abandonné au sol.

James l'enjamba et se dirigea tout droit vers le fond de l'appartement. Lorsqu'il pénétra dans la salle de bains, elle éclata de rire.

— J'ai comme l'impression qu'on a déjà fait ça avant, le taquina Kaylee. Peut-être même plus tôt dans la journée ?

Il la reposa.

— Je déteste devoir l'admettre, mais ma mémoire est un peu embrumée.

Oh.

— La fièvre d'accouplement.

Il fit couler l'eau de la douche et la vapeur se propagea.

— C'est drôle. Je sens qu'elle est encore là, mais elle n'embrouille pas mes pensées comme tout à l'heure.

— Ton ours s'était plutôt bien imposé aux commandes, l'informa-t-elle. Même si j'aime ce côté chez toi...

Oh là là. Il n'y avait vraiment aucune façon polie de le lui dire, alors elle conclut :

— Tu n'es pas vraiment une flèche quand tu es sous cette forme.

Il retira les vêtements de Kaylee et les siens, puis l'emmena sous la douche.

— Ce n'est pas une insulte. Je ne pense pas que

beaucoup d'ours polaires soient plus intelligents sous leur forme animale. Ils ont un meilleur odorat, oui. Et ce sont de meilleurs combattants, si cela implique la force brute. Mais je crois que la plupart des métamorphes sont plus intelligents sous leur forme humaine.

Je ne suis pas d'accord, commenta son chat en ronronnant d'un air suffisant, jubilant au contact chaud du corps nu de James.

Tais-toi, le rabroua-t-elle.

Aussitôt, toute conversation se tut, intérieure comme bien réelle. James avait d'autres projets que discuter, et en l'espace de quelques instants, Kaylee se retrouva pantelante, incapable de parler.

Il se montrait délicat. Respectueux. Comme si elle était un cadeau précieux qu'il ne s'attendait pas à recevoir.

Alors que la chaleur flamboyait dans son regard, ses caresses se firent plus possessives. Ses doigts l'agrippèrent un peu plus fort, ses gestes plus impérieux.

James la surplombait, ses épaules appuyées fermement contre le carrelage. Il avait un bras au-dessus de la tête de Kaylee et la regardait dans les yeux.

— Nous n'avons jamais fait ça avant, lui rappela-t-il juste avant de glisser la main entre ses jambes, son sexe au creux de ses doigts.

Le petit cri qu'elle lâcha lui parut embarrassant, mais pas autant que le gémissement qui suivit de près lorsqu'il enfonça les doigts entre ses replis intimes. Elle était mouillée, et cela n'avait rien à voir avec la douche.

Le sourire de James était bien trop arrogant.

— Tu sens délicieusement bon, souffla-t-il.

Sa réponse fut volée par un râle lorsque son pouce s'appuya résolument contre son clitoris et qu'il glissa deux doigts à l'intérieur de son sexe.

Kaylee enroula ses doigts autour de l'avant-bras de James, non pas pour l'éloigner, mais parce que...

Oh, mon Dieu, elle ignorait *pourquoi*. Elle avait besoin de se retenir à quelque chose de peur de fondre sur place et partir en fumée.

— Tellement mouillée. Tellement moite et serrée, susurra James joyeusement en retirant ses doigts pour mieux les plonger en elle.

Elle ne trouvait rien à dire. Prétendre que ce n'était pas ce qu'elle voulait aurait été un mensonge, et il était évident que la dernière chose qu'il avait envie de faire, c'était de s'arrêter. Le plaisir qui se reflétait dans ses yeux alors que son regard restait fixé sur le sien était aussi incroyable que la pression qui grandissait en elle.

— *James*, murmura-t-elle, les jambes si tremblantes que seuls les doigts en elle la maintenaient encore sur pied.

— Tout va bien, lui assura-t-il. Je m'occupe de toi. J'en ai besoin.

Ils étaient deux. Sous ses doigts, les muscles de son avant-bras continuaient de se contracter telles des bandes d'acier, véritable machine de sexe mécanique créée spécifiquement pour son plaisir.

Il accéléra, ses doigts s'enfonçant profondément jusqu'à trouver le point parfait qui l'enverrait au septième ciel. Son fourreau comprimait ses doigts pendant que les bruits et l'odeur de l'acte imprégnaient la vapeur autour d'eux.

Ses jambes tremblaient encore lorsqu'il descendit à genoux, et ce fut soudain sa langue entre ses cuisses, attisant son clitoris pendant que ses doigts continuaient à la tourmenter. Ce qu'elle prenait pour la fin se transforma en début d'un tout nouvel orgasme. Confrontées à trop de plaisir pour rester en place, ses cuisses vacillèrent contre le mur derrière elle.

James appuya une main contre son ventre pour la tenir droite, mais il ne s'arrêta pas, et son orgasme non plus.

Il finit par la rattraper lorsqu'elle glissa en avant vers le sol, la déposant délicatement sur ses genoux dans la même position qu'ils avaient adoptée un peu plus tôt dans l'ascenseur. Cette fois, ils étaient tous les deux nus, et la longueur épaisse de son érection venait s'appuyer contre son clitoris.

Une forte impulsion la secoua de l'intérieur. La suite de son orgasme précédent ? Kaylee n'avait conscience de rien. Aussi insensé que cela paraisse, elle sut ce dont elle avait envie en cet instant.

Il ne faisait aucun doute qu'il apprécierait son idée, lui aussi

Pas besoin de préservatif – il n'y avait pas de maladies sexuelles chez les métamorphes et elle prenait la pilule. Il n'y avait donc rien d'autre à faire que de se redresser sur ses genoux et d'accueillir entre ses jambes son membre épais.

James poussa un juron et porta les doigts à son menton, inclinant son visage pour rencontrer son regard.

— *Kaylee.*

Elle se pencha, oscillant les hanches d'avant en arrière pour frotter ses replis moites contre son sexe rigide.

— Je suis très heureuse que tu n'aies pas fait quelque chose d'idiot, comme me dire que ce ne serait pas un problème d'attendre, par exemple.

— Tu as horreur que je mente.

Puis il lâcha un rugissement, car à cet instant, elle glissait sur lui, sa verge s'enfonçant en elle, l'emplissant tout entière et déclenchant une autre série d'explosions.

Elle le contempla tout en bougeant. Il avait les yeux fermés et le visage crispé avec l'expression la plus douloureuse qu'elle lui ait jamais vue.

— Est-ce que tu vas bien ?

L'eau chaude coulait sur eux et la vapeur pénétrait ses poumons à chaque respiration. Lorsqu'il ouvrit les yeux, il n'y avait plus que James. Il était la cause de la chaleur qui envahissait son corps, enflammait ses sens et la faisait planer de plaisir.

Il l'entoura de ses bras, s'emparant de sa nuque.

— Je ne me suis jamais senti aussi bien, lui dit-il. Jamais.

Il l'embrassa, entremêlant leurs langues, caressant sa bouche comme le reste de son corps. Le bras qui l'entourait resserra sa prise et il la souleva juste assez pour pouvoir se retirer et s'empaler plus profondément. Une connexion intime, deux corps qui s'emboîtaient. Il comblait ses sens.

Il la comblait.

Pas physiquement – *enfin, si, tout de même...* –, mais surtout d'une façon qui montrait qu'il tenait vraiment à elle. Lorsqu'il l'embrassa tout le long de la mâchoire et mordilla son oreille, il murmura des mots doux qui prouvèrent qu'il savait exactement avec qui il était. Et surtout, qu'il avait envie d'être là.

— Tu es à moi, grogna-t-il tout doucement. Maintenant, demain et après-demain. Je te choisis, toi.

Au diable les principes, se dit-elle. Lorsqu'un homme était aussi adorable, il était temps de reconnaître sa défaite.

— D'accord.

Il rit.

— D'accord ?

Elle se retint de glousser, au moins jusqu'à ce qu'il donne un coup de reins si violent que le rire se transforma en gémissement. Elle jouit à nouveau. D'une façon différente, meilleure, son sexe comprimé autour du sien. Les yeux de James se révulsèrent. Aux bruits qui montaient de sa gorge, on aurait pu croire qu'il avait gagné au loto.

Alors qu'ils s'accrochaient l'un à l'autre après cela, elle dut admettre que c'était quelque chose de puissant que de voir James Borealis perdre la raison.

Maintenant, elle devait trouver la force de s'assurer qu'il ne le regrette jamais.

10

---

*P*our y aller lentement, on repassera !

Ils n'étaient pas encore secs que James la lançait sur le lit. Il la rejoignit avant qu'elle ait fini de rebondir pour pouvoir se jeter à nouveau sur elle.

C'était un gentleman, bien sûr. En général. Il fit courir minutieusement sa langue sur son corps tout entier jusqu'à ce qu'elle halète, avant de se positionner pour enfoncer profondément son membre en elle.

La troisième fois qu'ils finirent de crier de plaisir, s'écroulant contre le matelas comme deux poupées de chiffon, Kaylee abattit sa main sur son torse en geignant :

— Temps mort. Oh, mon Dieu, s'il te plaît. Je demande un temps mort.

James inspira profondément et y réfléchit.

— Je devrais être capable de m'arrêter un peu.

Amusée, Kaylee marmonna :

— Quel accro.

Il se retourna pour mieux se lover autour d'elle. Lorsque sa main glissa malencontreusement et enroba son sein, elle s'empara de son petit doigt et le tordit sans ménagement jusqu'à ce que sa main s'éloigne sagement.

— Un temps mort, ça signifie que si tu touches n'importe laquelle de mes zones érogènes au cours des quinze prochaines minutes, je te découperai en petits morceaux.

— Et si, par accident... ?

À son grand amusement, un grognement agressif lui échappa.

James se blottit contre son cou, sa main soigneusement posée sur son ventre – après tout, même s'il n'avait pas le droit de toucher les meilleurs endroits, *tout* chez cette femme était digne d'être caressé.

Il fallut du temps à leurs rythmes cardiaques pour se rapprocher de la normale. Même si le sexe demeurait assurément au programme, lorsque leurs estomacs grondèrent en même temps, James dut bien l'admettre :

— J'ai enfin besoin de manger plus que de baiser.

— Dieu merci. Non que la baise ne soit pas spectaculaire, mais je crève de faim, approuva Kaylee.

Elle glissa hors de ses bras et fila sous la douche. Cette fois, il la laissa seule.

Manger, lui rappela son estomac. Ils pourraient avoir une autre session de jambes en l'air sous la douche plus tard.

Pas beaucoup plus tard, cependant.

James vérifia ses messages pendant que Kaylee se rinçait rapidement, mais il n'y avait vraiment rien d'urgent dans sa liste de tâches au travail pour cette semaine. Maintenant que Cooper connaissait la situation, James était certain qu'il préviendrait le reste de sa famille qu'il ne serait pas disponible.

Ce qui leur laissait plein de temps, à lui et à Kaylee,

pour s'amuser. Et aussi pour gérer les inquiétudes qui ne cessaient de réapparaître dans les yeux exquis de la jeune femme.

Il ne pensait pas qu'elle en soit consciente. Un instant, elle avait le sourire d'un chat qui venait d'attraper sa proie, puis, l'instant d'après, elle se rongeait la lèvre inférieure et son regard empli d'angoisse se perdait dans le vide.

James laissa ses yeux glisser sur elle lorsqu'elle revint dans la pièce. Bref, ils auraient tout le temps de se pencher sur les questions importantes, y compris la convaincre qu'elle était la meilleure chose qui lui soit jamais arrivée.

Kaylee s'arrêta en plein séchage de cheveux pour le fixer en retour. Elle lui donna une claque amicale sur le bras.

— Bon sang, c'est tellement fatigant. Tu vas sourire comme ça toute la semaine ?

— Comment veux-tu que je sourie ? demanda-t-il avant de l'esquiver.

Elle riait encore lorsqu'il se dirigea vers sa commode pour en sortir un t-shirt. Il le lui lança, l'observant avec amusement pendant qu'elle enfilait le vêtement trop ample par-dessus sa tête sans retirer d'abord sa serviette.

Sa pudeur allait le tuer.

— Sérieusement ? À quoi tu joues ?

— Certains n'ont pas la fibre exhibitionniste.

Kaylee rassembla ses affaires et se dirigea vers la buanderie. Elle pensait certainement qu'elle allait laver ses vêtements et les sécher. Évidemment, elle pouvait le faire, mais la semaine à venir s'annonçait plutôt nue. Surtout s'il avait son mot à dire.

Il enfila tout de même un jogging par égard envers elle, et aussi car les caprices de son paquet, comme un baromètre en pleine tempête, n'étaient pas très agréables.

Même s'il prévoyait de passer la majeure partie de la semaine au lit, ils ne pouvaient pas passer *toute* la semaine à l'intérieur. Il devrait notamment la nourrir à intervalles réguliers.

Le regard furtif de Kaylee lorsqu'elle sortit de la buanderie lui fit comprendre une fois de plus à quel point ils allaient devoir travailler sur cette nouvelle relation. La tension de ses épaules ne s'était pas relâchée avant qu'elle ne constate qu'il était en partie habillé.

Ils étaient amis depuis toujours. Mais *seulement* amis. Et il ne devait pas l'oublier, même si cela lui semblait infiniment naturel d'avoir franchi cette limite.

Alors qu'il la suivait dans la cuisine, le besoin de la protéger se fit violent. Pas seulement de la protéger des dangers extérieurs, mais de tout ce qu'elle avait en elle et qui la rendait malheureuse.

Lorsqu'elle ouvrit la porte du réfrigérateur, il plaça sa main par-dessus la sienne. Il la guida soigneusement en arrière, referma la porte et l'attira dans ses bras.

— Tu recommences, lui dit-il doucement.

Kaylee se tortilla jusqu'à pouvoir appuyer sa tête contre son torse.

— Désolée. Je m'inquiète seulement.

— Passons un marché. Tu as le droit de t'inquiéter, tant que j'ai le droit de prendre soin de toi.

Kaylee ricana.

— En d'autres termes, tu penses pouvoir me donner des ordres.

— Pas plus que d'habitude, Banks. C'est-à-dire, pas du tout.

Il plaça ses doigts sous son menton et releva son visage jusqu'à planter un baiser sur ses lèvres. Lent et intense, mais bref. Après une dernière étreinte, il recula.

— Il est temps de manger quelque chose. Même si je te donne l'impression de faire preuve d'un contrôle extraordinaire pour quelqu'un qui est en pleine fièvre d'accouplement, il n'y a pas de garantie que ça dure.

C'était franc, mais il valait mieux qu'elle soit préparée.

— Je ne ferai rien qui puisse te blesser, précisa-t-il.

— Pour l'amour du ciel, je le sais bien. Surtout parce que je te mettrais à genoux si tu essayais, l'informa fièrement Kaylee. Je te connais, Borealis. On se connaît tous les deux. Ce ne sont pas nos moments en tête-à-tête qui m'inquiètent.

Et pourtant, elle se trompait. Si elle avait la moindre idée de la hâte qui le taraudait de la prendre à nouveau...

Ils cuisinèrent ensemble, mais alors qu'elle allait mettre la table, il secoua la tête. Il s'installa dans un immense fauteuil et se tapota les cuisses.

Kaylee haussa un sourcil, mais elle obtempéra et grimpa délicatement sur ses genoux.

— Qu'est-ce que tu aurais fait si j'avais préparé de la soupe au lieu de sandwiches ?

— J'aurais mangé en faisant très, très attention, lui assura-t-il.

Il avait commencé à comprendre que cette sensation étrange qui tourmentait sa peau n'apparaissait que lorsqu'il n'était pas en contact direct avec elle.

— Je vais être plutôt tactile pendant un bon moment, la prévint-il.

— Ce n'est pas un problème pour moi.

Kaylee, qui avait été la complice de toutes ses bêtises pendant trop d'années pour les compter, lui offrit un sourire éblouissant.

— Je vis dans une espèce de brouillard de désir en ce

moment même, lui dit-elle. Alors, que tu sois tactile, ce n'est pas un problème.

Kaylee mordit dans son sandwich et leva un doigt pour rattraper un filet de moutarde qui s'était échappé au coin de sa bouche. Il ne put détourner son regard de ses doigts lorsqu'elle les lécha.

Ses lèvres... fascinantes.

Ils restèrent assis en silence pendant un moment, concentrés sur le repas. À juste titre, étant donné qu'ils avaient certainement brûlé un million de calories au cours des deux heures précédentes.

Ce ne fut que lorsque son sandwich fut à moitié dévoré que Kaylee soupira et ralentit la cadence.

— Est-ce que quelque chose doit normalement se passer ? demanda-t-elle. Je veux dire, en matière de bizarreries.

— Peut-être, je ne sais pas vraiment, admit-il.

Kaylee grommela doucement avant de mordre férocement dans son sandwich.

— Cette bulle de silence est plutôt idiote, pour tout dire. On pourrait penser que les ours polaires métamorphes mâles seraient plus enclins à partager les détails.

— Les seuls détails dont parlent les mecs, ce sont les façons d'éviter de se faire avoir par la fièvre d'accouplement.

Il regretta les mots à peine les eut-il prononcés, car elle sembla triste de nouveau.

— Kaylee, je ne voulais pas éviter la fièvre d'accouplement cette année.

Il n'aurait jamais partagé cette information en temps normal, mais vu qu'ils allaient être ensemble pour toujours, autant qu'elle le sache.

— Mon grand-père nous a lancé un ultimatum plus tôt dans l'année. Il dit qu'il veut que nous soyons tous les trois accouplés, sinon il vendra Borealis à Minuit Inc. Mes frères et moi, nous nous sommes mis d'accord pour...

Il s'arrêta lorsque l'expression sur le visage de Kaylee passa de la préoccupation à l'énervement, puis à l'horreur absolue.

— Quoi ?

Elle se tenait droite comme un bâton, raide entre ses bras.

— Normalement, tu aurais fait tout ce que tu aurais pu pour éviter la fièvre d'accouplement. Grand-père Giles t'a *forcé* à te retrouver avec moi ?

Mince, ça n'allait pas bien se terminer.

— Non, ça ne s'est pas du tout passé comme ça, commença James avant d'avoir à admettre plus ou moins la vérité. Bon, d'accord, ça *s'est passé* comme ça, mais il ne m'a pas forcé. Pas du tout.

— Je vais le tuer.

À la fureur dans ses yeux, il se dit qu'elle n'était peut-être pas en train de blaguer.

— Hé, tout va bien. Je veux dire, oui, il a vraiment joué au con en dictant sa loi comme ça, mais en même temps, je suis content.

Kaylee refusait de le regarder dans les yeux.

— Oui, bien sûr, parce que tu crevais d'envie de te retrouver coincé avec moi pour le reste de ta vie.

Bon, ça suffisait comme ça. James attrapa son menton et tourna son visage vers le sien. Furieux, il lui laissa voir à quel point il était ennuyé.

— Si tu recommences, je te donne une fessée. Combien de fois est-ce que je dois te dire que c'est ce que j'ai *choisi* ? Oui, peut-être que l'on m'a un peu poussé au départ, mais ce n'est pas un désastre, et *tu* n'es pas une erreur. Et si tu continues à dire ça, je vais m'énerver. Arrête, Banks. Tu es parfaite et ce putain de sujet est clos.

Il lui lança un regard furieux et elle fronça les sourcils en retour.

Sa bouche frémit aux commissures. Son corps tout entier était crispé et elle semblait au bord des larmes.

La culpabilité s'empara de lui.

— Oh, mon cœur, je suis désolé de t'avoir crié dessus.

Ses lèvres tremblèrent. Puis une fois de plus, plus vivement cette fois. Il était sur le point de répéter ses excuses lorsqu'un éclat de rire le gifla en plein visage.

Des souvenirs lui revinrent de la première fois où il avait vu ce même plaisir et cet amusement. Ils avaient dix ans et s'étaient entendus comme cul et chemise dès l'instant où la famille de Kaylee s'était installée à côté de la sienne. Ils étaient devenus meilleurs amis en un jour. Inséparables, que ce soit pour jouer, se battre ou simplement affronter les questions qui se posaient en grandissant.

Il y avait toujours des rires.

Comme la fois où il avait décidé qu'il allait se raser. Ce qui n'aurait pas dû être une catastrophe en soi, mis à part que Kaylee, son amie toujours présente, avait réussi à le convaincre que se raser incluait les aisselles, les bras et les jambes, ainsi que le duvet qui poussait sur d'autres parties de son corps.

Après tout, c'était ce qu'ils voyaient dans les publicités en permanence, non ? Et pourtant, ce ne fut pas le fait qu'il se rase qui lui fit perdre le contrôle et la fit mourir de rire. Ce furent ses cris, lorsqu'il se rendit compte que le savon dont il s'était couvert était à la cannelle.

Ce souvenir se mêlait à d'autres : des années de devoirs, de camping dans leur jardin, de travaux d'entretien dans la cour et de fêtes d'Halloween passées ensemble. La connexion entre eux se fit plus claire que jamais dans son esprit.

James mit de côté leurs assiettes par mesure de sécurité et ignora ses ricanements, qui s'étaient transformés en véritable fou rire et s'effacèrent lentement pour laisser place à un hoquet amusé.

Il attendit. Longtemps.

Ses lèvres tremblaient encore lorsqu'elle posa une main sur son visage.

— Tu dois vraiment apprendre à dire ce que tu penses.

Il ne put retenir un sourire en coin.

— Je veux dire, comment est-ce que je vais un jour réussir à savoir ce que tu penses si tu ne partages pas tes sentiments avec moi ? le taquina-t-elle.

Elle se pencha en avant et l'embrassa sur le bout du nez.

Il secoua la tête.

— Bien essayé, bébé, mais ce n'est pas suffisant.

Kaylee soupira, comme si elle était traitée injustement.

— Tu l'as dit clairement, alors je vais t'écouter au lieu de protester...

— Est-ce possible d'avoir cette déclaration par écrit ?

— ... Et je te crois. C'est toi qui as voulu ça. Même si je ne comprends pas vraiment pourquoi, j'en suis heureuse. Tu es mon meilleur ami, je veux ton bonheur.

James tapota ses lèvres.

— Alors, embrasse-moi.

Elle arqua un sourcil. Kaylee se pencha en avant, mais elle passa devant sa bouche pour venir presser ses lèvres contre sa joue.

— *Kaylee...* la menaça-t-il.

— Entraînement de tir, lança-t-elle avant de couvrir son visage de dizaines de baisers.

Elle se déplaça le long de sa mâchoire jusqu'à son

oreille, où elle provoqua une réaction viscérale en lui mordillant le lobe.

Lorsqu'elle commença à descendre le long de son cou, James décréta qu'il avait assez mangé. C'était l'heure pour une séance de sexe sur son fauteuil.

11

Le troisième jour, Kaylee avait appris des choses qu'elle n'aurait jamais crues possibles. Telles que :

1) Les ours polaires métamorphes pouvaient avoir un orgasme et continuer à baiser moins de trente secondes plus tard.

2) Les ours baisaient plus qu'ils ne dormaient pendant la fièvre d'accouplement.

3) Son meilleur ami était un magicien avec sa langue.

Bon, elle aurait pu se douter de ce dernier point, mais pouvoir en témoigner en personne ? C'était le paradis.

Par curiosité, elle grimpa sur la balance entre une séance sous la douche et une autre contre le mur, dans le couloir. Elle fixa les chiffres, sous le choc.

— Quoi ? lui demanda James en glissant ses doigts autour de sa taille.

Il se tenait rarement loin d'elle, ce qui lui convenait très bien, car chaque fois qu'il s'écartait trop, elle ressentait un étrange tiraillement dans le ventre.

— J'ai perdu près de cinq kilos, l'informa-t-elle.

— Je t'ai donné à manger, pourtant.

— Je sais bien, répondit-elle, un brin exaspérée. C'est tous ces trucs d'ours bizarres.

— Je serai plus attentif, proposa-t-il. J'allais faire livrer quelque chose cet après-midi. Chinois ? Thaï ? Pizza ? En fait, je vais commander les trois. Ce sera plus simple.

— Je veux une pizza à la viande avec de la sauce barbecue à la place de la tomate...

Kaylee avait à peine commencé sa phrase que James agita la main et conclut à sa place :

— Pas de sauce tomate. Supplément fromage, et tu veux de la sauce chipotle à côté.

Ils échangèrent un sourire.

Le téléphone de Kaylee sonna au même instant. La sonnerie d'Amber.

Elle regarda James, non parce qu'elle voulait obtenir sa permission, mais parce qu'ils vivaient quelque chose de plutôt intense et qu'elle tenait à respecter cela.

Son expression s'adoucit et il intervint, caressant sa joue :

— Je parie qu'Amber est inquiète. J'aurais dû m'assurer que tu la rappelles tout de suite.

— Elle savait que tu prendrais soin de moi, répondit Kaylee catégoriquement avant d'attraper son téléphone sur la table.

— Pendant que vous discutez, je vais rapporter de quoi manger à la maison, lança-t-il en la déshabillant du regard. Tu pourras me récompenser comme je le mérite plus tard.

Kaylee fit mine d'avoir un haut-le-cœur, amusée lorsqu'il plissa les yeux en guise de représailles.

Elle décrocha le téléphone avant qu'Amber n'abandonne.

— Hé ! Tout va bien.

Si elle ne cessait de se le répéter, cela finirait peut-être par être vrai.

La voix de son amie lui parvint délicatement :

— Vraiment ?

La tentation de glousser était grande.

— Si tu veux des détails, je ne suis pas sûre...

— Non. C'est bon, s'empressa de la dissuader Amber. Je ne m'attendais pas à *ça*, tout de même.

— Nous sommes deux, alors, admit Kaylee.

Elle avait prévu d'aller sur le balcon, mais chaque pas qu'elle faisait lui donnait l'impression qu'un élastique s'étirait entre elle et James et qu'il se tendait trop. Qu'il devenait inconfortable.

Au lieu de lutter contre ce besoin, elle retourna s'installer sur le bras du fauteuil. Une main sur l'épaule de James, elle caressa l'arrière de son cou pendant qu'il parlait doucement dans son propre téléphone, une demi-douzaine de menus à emporter disposés sur la table devant lui.

— Y a-t-il quoi que ce soit dont tu as besoin ? demanda Amber. J'ai eu un mal fou à obtenir des infos de la part des garçons. Tout ce qu'ils me disent, c'est de ne pas te déranger. Je suis désolée, mais je devais m'assurer que tout allait bien.

— Tu as bien fait, insista Kaylee.

Ses doigts passèrent dans les cheveux de James. Elle jouait avec, créant des boucles pour profiter de la douce caresse qui glissait contre la paume de sa main.

— Il a la fièvre, et je dois admettre que ça a été très sympa. Et c'est tout ce que je dirai à ce sujet.

Un rire gêné lui répondit. La douce Amber était si innocente. Elles étaient devenues bonnes amies au cours des deux dernières années, et même si les nuits débridées ne faisaient pas partie de leur mode de vie, à l'une comme à l'autre, en tant que métamorphe, Kaylee était habituée à des discussions plus crues que les humains en matière de sexe.

— Tu te sens différente ? lui demanda Amber.

Cherchant à éviter les discussions trop gênantes, Kaylee réfléchit. Son félin intérieur ronronnait paisiblement, heureux d'être au chaud et au sec. À part cela ?

— Pas du tout. Mais la semaine n'est pas encore terminée. James ne semble pas savoir grand-chose sur la façon dont tout cela fonctionne.

— Je ferai des recherches. Plus de recherches, je veux dire. Je ne voulais pas trop chercher au cas où je dépasserais les limites, mais si ça t'intéresse...

Amber lui laissait le choix.

Cela ne ferait pas de mal.

— Vas-y. Il n'y a pas grand-chose qu'on puisse faire à ce stade, de toute façon.

Kaylee scella ses lèvres pour éviter d'évoquer combien elle ferait une piètre compagne pour James. Elle avait promis d'essayer et elle tiendrait parole.

La pensée de se tenir à côté de lui dans un lieu public, cependant, suffit à lui couper l'appétit.

James était encore en train de commander, mais il reporta son attention vers elle. Tout en énonçant une liste de plats longue comme le bras au restaurant thaï, il glissa la main par-dessus sa hanche, sous son haut, pour poser sa grande paume chaude au bas de son dos.

— Le rendez-vous dont nous avons parlé, chuchota Amber comme si elle s'inquiétait que James puisse l'entendre.

À moins qu'il y ait quelqu'un au bureau qu'elle essayait d'éviter.

— C'est la semaine prochaine. J'imagine que tu auras fini avec ton... Que tu auras terminé d'ici là.

Le regard de James lui enveloppa le corps. Il glissa sa main plus haut, puis la griffa délicatement tout le long du dos.

Aussitôt, le désir embrasa Kaylee, mais elle se concentra pour formuler une réponse cohérente.

— Je pense. Tu peux organiser ça.

Au même instant, son autre ligne sonna et elle fut tentée de pousser un juron.

— Je dois filer. Bisous. On se parle bientôt.

Elle raccrocha pour prendre l'autre appel.

— Monsieur Borealis, dit-elle avec sérieux.

James haussa un sourcil. Au mépris des convenances, il sourit vicieusement et fit glisser sa main sur sa poitrine jusqu'à enserrer son sein nu.

— Vous savez bien que vous ne devez pas m'appeler comme ça, jeune fille, la gronda le grand-père Giles.

Elle n'était pas près de lui pardonner. Pas au vu de tout ce qui se passait en ce moment.

— Aviez-vous besoin de quelque chose, monsieur ?

En face d'elle, James fit claquer sa langue en signe d'avertissement, alors que son sourire s'élargissait, plein de malice.

— Il ne va pas apprécier, murmura-t-il.

— Je m'en fiche...

Kaylee prit une vive inspiration, car James avait remonté le bord de son t-shirt et titillait à présent son téton avec sa langue.

— Je voulais juste vous remercier pour la signature sur ces papiers. Le contrat a été signé sans encombre grâce à vous. Quelle femme intelligente.

Le cerveau de Kaylee se transforma rapidement en bouillie lorsque James passa à la vitesse supérieure. Il la mordillait, maintenant, avant de refermer ses lèvres et d'alterner doucement.

Elle lutta pour émettre une espèce de réponse, ce qui lui fut facilité par le fait que le grand-père de James racontait n'importe quoi.

— Ce n'était rien, monsieur. Ça ne m'a demandé qu'un instant, puis j'ai eu le reste de la soirée pour moi.

Oh, mon Dieu, c'était si bon. Elle enfouit sa main libre dans les cheveux de James, essayant de le traîner de l'autre côté. Après tout, seule une moitié de son corps vibrait et ce n'était vraiment pas juste.

Il lui fallut un moment avant de se rendre compte qu'à l'autre bout du fil, Grand-père Giles était devenu silencieux.

— Ça n'a pris qu'un instant ? Eh bien, tant mieux. Je suis content qu'il n'y ait pas eu de problème. Parfois, ce James a besoin d'un petit coup de pouce.

Le James en question semblait parfaitement en mesure d'effectuer plusieurs tâches en même temps. Il avait soulevé son haut par-dessus ses deux seins, les pressant l'un contre l'autre pour pouvoir alterner plus facilement.

Kaylee vint chevaucher sa cuisse, avide de sentir la pression sur d'autres parties de son corps.

— Oh, James allait bien. Il est tout à fait indépendant. Ou, du moins, c'est ce qu'il m'a semblé. Nous finissons toujours par nous disputer sur des détails idiots.

Comme le fait qu'il ne devrait pas la tripoter pendant qu'elle essayait de tenir une conversation d'adulte.

— Mais il ne se sentait pas bien, argua-t-il. Une fièvre estivale... ou quelque chose.

Oh, vraiment ? On aurait pu croire qu'il savait que James était sur le point d'avoir la fièvre d'accouplement. Et maintenant, ce vieux bouc venait à la pêche aux informations.

Pas de chance. Non seulement Kaylee n'avait pas envie de lui fournir le moindre détail, mais en plus, elle perdait rapidement tout intérêt pour cette conversation.

— James ? Fiévreux ? Pas du tout. Lorsque j'ai quitté son appartement vendredi, il était au top de sa forme et toujours aussi ennuyeux que d'habitude.

— Ahhh, commenta Grand-père Giles, visiblement confus.

D'accord, c'était un mensonge, mais ce n'étaient pas ses affaires et il méritait de souffrir un peu.

— Désolée, je dois y aller. Contente que la réunion se soit bien passée, Monsieur Borealis.

Elle raccrocha et jeta son téléphone sur le canapé pour pouvoir se baisser et coller les lèvres de James aux siennes.

Il l'embrassa un instant, leurs bouches unies trahissant facilement son sourire. Il recula juste assez pour laisser ses ongles courir délicatement le long de son dos, la balançant par-dessus ses cuisses dans un mouvement aguicheur, sensuel et intime.

— Pauvre Papy Giles. Il est sûrement en train de péter un plomb en ce moment, à chercher à comprendre ce qui se passe.

— Pauvre Papy Giles, mon cul, oui. Cet homme mérite de souffrir un peu, lâcha Kaylee sans ménagement. Tu as commandé de quoi nourrir une armée entière ?

— Tout à fait.

Elle glissa une main entre eux et enveloppa de ses doigts sa verge épaisse, sur toute la longueur, pressée contre son jogging fin.

— Combien de temps avons-nous avant que les livraisons arrivent ?

— Une heure, répondit-il fièrement. Ce qui me laisse tout le temps de te sauter dessus.

Elle fit mine de réfléchir gravement à son commentaire pendant qu'il se levait pour la porter vers la chambre.

— J'imagine que c'est assez pour une petite partie de jambes en l'air. Nous devrons garder la partie plus approfondie pour plus tard.

— Un plan parfait.

La petite partie de jambes en l'air fut suivie de quantités astronomiques de nourriture, puis d'un deuxième round des plus intenses.

L'emploi du temps du jour suivant fut plus ou moins le même, mis à part que, lorsque son grand-père Giles chercha à le joindre, James ne prit pas la peine de décrocher.

Alors qu'ils étaient allongés au lit, six jours après l'orage, Kaylee se sentait tout à fait épanouie.

James était étendu à côté d'elle et caressait son ventre du bout des doigts. Il se releva sur un coude et observa sa main pendant qu'il la câlinait.

— Je pense que nous sommes arrivés au début de la fin, la prévint-il. Je veux dire, j'ai toujours envie de te faire des choses terriblement cochonnes, mais ce n'est plus une nécessité absolue... Attends, ce n'est pas ce que je veux dire. L'envie de faire des cochonneries avec toi est tout aussi forte, mais c'est...

Il fit la grimace et elle rit. Elle savait ce qu'il cherchait à dire.

James la fit rouler par-dessus lui, couvrant son torse dur comme la pierre de son corps alangui.

— Et merde. Ce n'est pas du tout ce que je veux dire. Rien n'a changé, j'ai toujours autant envie de toi. Mais je peux *sentir* la fièvre s'atténuer.

Elle soupira.

— Ça a été un vrai plaisir. J'imagine qu'à un moment donné, il nous faudra retourner à la réalité.

Son sourire lui montra qu'il était d'accord. Puis son expression s'adoucit et il inspira profondément :

— Alors... tu te sens... différente ?

Kaylee ouvrit la bouche et se prépara à lui ouvrir son cœur.

12

Kaylee avait longuement pensé à cela. Bien qu'elle n'ait pas eu beaucoup de temps pour surfer sur Internet, vu que James l'avait gardée bien occupée, Amber lui avait transféré pas mal de liens. Kaylee avait pris quelques instants pour se pencher sur ces informations dans l'espoir de pouvoir déterminer ce qu'elle devrait chercher. Elle avait essayé de comprendre exactement le sentiment que devait donner l'accouplement pendant les phases « mon Dieu, c'est vraiment en train d'arriver ».

Rien de tout ce qu'elle avait lu ne semblait s'appliquer.

— Je ne crois pas. Je veux dire, j'ai l'impression de mieux te connaître qu'il y a une semaine, et pas la peine de faire un commentaire de petit malin à ce propos. Je me sens plus proche de toi. Mais en ce qui concerne une magie irrationnelle et mystique... Rien du tout.

— Ce n'est pas grave. Cela peut mettre du temps à faire effet.

Il avait l'air si confiant, de la même façon que lorsqu'ils s'étaient retrouvés bloqués dans l'ascenseur.

Non. Un instant...

Il avait même l'air plus arrogant. Il se passait quelque chose.

— Pourquoi ? Tu te sens différent, toi ?

— Oh, non. Non, non, non, non. Rien encore.

Contre toute attente, il se mit à lisser les draps autour d'eux, à s'agiter sans raison.

Oh. Mon. Dieu. Kaylee s'assit et le fixa du regard.

— Si. Tu ressens quelque chose.

— Ce n'est pas important d'en parler maintenant, commença James avant qu'elle ne s'empresse de lui couper la parole.

— Ne fais pas ça, le supplia Kaylee. Je n'arrive pas à savoir si tu me taquines ou si tu essaies de ne pas me décevoir, mais je ne peux pas le supporter.

Un grognement lui échappa, comme s'il était prêt à lutter. James la hissa sur ses genoux. Il passa une main dans son dos lorsqu'elle enfouit son visage contre son torse. Il baissa la voix, formant un bouclier de protection autour d'elle avec ses bras.

— Je ne plaisante pas, mais je ne veux pas te mettre de pression. Pour l'accouplement, il faut que nous acceptions notre sort tous les deux, et je ne veux pas te donner l'impression de te forcer à être avec moi.

Super. Elle avait une chance de passer sa vie avec l'homme qui avait toujours possédé un morceau de son cœur, et pourtant, alors qu'elle commençait juste à avoir de l'espoir, elle sentait un tel raté en elle qu'elle allait laisser passer l'occasion d'être avec lui.

— Je ne me sens pas forcée. J'ai *envie* d'être avec toi, insista Kaylee. Tu es mon meilleur ami.

James hocha lentement la tête.

— C'est pour ça que nous devrions attendre encore un peu.

— Mais tu ressens quelque chose ? chuchota-t-elle, effrayée qu'il réponde franchement, effrayée que ce ne soit pas le cas.

Ses lèvres se posèrent contre sa tempe.

— Oui. Je ressens quelque chose. Juste là.

Il attrapa sa main et l'appuya contre son torse. Sous ses doigts, son cœur battait de façon décidée et solide.

— Je ne sais pas comment décrire ça, à part une *possibilité*. Comme une graine qui aurait été plantée et qui aurait besoin de plus de soleil pour grandir. Ou un coffre au trésor qui s'ouvrira dès qu'on tournera la clé, et où tout ce dont j'ai toujours eu besoin se trouverait à l'intérieur.

Ses mots étaient pleins de poésie et de beauté et lui firent ressentir encore plus de désir.

— Alors, je devrais avoir la clé.

Kaylee ferma les yeux, essayant tout ce qu'elle pouvait en frottant ses mains contre son propre corps. Elle avait mal dans toutes sortes d'endroits fantastiques, et elle ignorait ce qu'elle recherchait.

Ce n'était pas tout à fait vrai. Elle savait exactement ce qu'elle recherchait : un avenir avec son meilleur ami. Peu importe si elle fichait tout en l'air à un moment ou à un autre, elle était assez égoïste pour vouloir obtenir ce qu'elle désirait.

Et elle le désirait de tout son cœur.

N'est-ce pas ?

James leva son menton et la regarda dans les yeux avant d'ouvrir la bouche. Il était sur le point de faire quelque chose de grand et d'héroïque, et elle ne pensait pas pouvoir le supporter.

Une distraction, et vite !

— Il faut voir les bons côtés. Je veux dire, tu as rempli ta part du marché et tu n'as pas cherché à éviter la fièvre. Alors, tes frères et ton grand-père peuvent être contents, peu importe ce qui se passe entre nous.

Elle se tourna vers lui et eut à démêler leurs jambes de force, car l'idée de s'éloigner de lui ne lui semblait pas naturelle. Il ne s'agissait pas d'une connexion magique et mystique, mais d'un désir profondément ancré dans ses tripes.

— Je *veux* que tu sois ma compagne, insista James.

— Je sais.

Mais la vérité, c'était qu'ils n'en avaient pas le contrôle. Cela appartenait au destin.

Kaylee chassa ses craintes. Bien évidemment, le destin savait bien mieux que James qui lui conviendrait à l'avenir. Et si ce n'était pas elle, elle s'efforcerait d'être heureuse pour lui.

— Ce n'est pas fini, grogna-t-il.

La frustration pouvait se lire dans son regard. Ses doigts s'agrippèrent aux siens :

— Nous deux, ce n'est pas fini.

— Et si nous n'étions pas des compagnons...

James les retourna tous les deux et la plaqua au matelas en quelques secondes. Lui et son ours la contemplèrent d'en haut.

— Réponds honnêtement. As-tu envie d'être avec moi, Kaylee Banks ? D'être plus que mon amie ? Plus que ma compagne au lit ? Tu veux être avec moi pour toujours ?

— Oui, répondit-elle instantanément.

Elle n'avait pas eu besoin d'y réfléchir.

Il ébaucha un sourire en reprenant :

— Alors, il n'y a rien dont nous devons nous préoccuper. Peut-être que l'instinct d'accouplement apparaîtra à un moment donné pendant les jours à venir. Bordel, peut-être même que ça prendra un peu plus longtemps. Mais ce n'est pas grave, parce que je t'ai *choisie*, tu comprends ?

Elle inclina la tête, stupéfaite qu'il ne cesse de se donner, encore et encore. Elle se sentit honteuse.

— Je suis désolée.

James retira une mèche de son front et la passa derrière son oreille.

— Ce n'est pas ta faute si le signe de l'accouplement n'est pas apparu.

— Ce n'est pas ça. J'ai juste été complètement idiote cette semaine. Je veux dire, en dehors des moments où j'ai été absolument brillante, bien sûr.

Elle parvint à arracher un sourire aux lèvres de James.

— Raconte-moi l'un des moments où tu as été brillante, la taquina-t-il.

— Quand je me suis fait une place dans ton lit. Quand on a fricoté sous la douche. Et sur la table d'appoint dans l'entrée. Et sur le sèche-linge.

— Le sèche-linge a été particulièrement brillant, c'est vrai, concéda-t-il en l'embrassant délicatement. Alors, de quoi veux-tu te faire pardonner ?

— De ne pas avoir saisi l'incroyable vérité dont tu me parles depuis que je suis arrivée ici le premier soir, détrempée, commença-t-elle en saisissant son visage entre ses mains pour le regarder en face. Tu m'as dit d'une dizaine de façons différentes que tu avais envie de moi. Je ne suis pas habituée à entendre ça, mais ça va changer. *Je* vais changer. Il restera tout de même des choses que je ne serai pas capable de faire, et nous devrons trouver des solutions, car je ne veux pas te causer d'ennui, ni à toi ni à ta famille...

— À part à Papy Giles. On peut lui causer des ennuis, à lui.

Elle frotta son pouce contre ses pommettes.

— On peut tout à fait causer des ennuis à Papy Giles, mais nous devrons résoudre tout le reste ensemble. C'est pour ça que je te demande pardon. Pour ne pas l'avoir compris plus tôt.

Le baiser qu'il lui offrit était doux et plein de tendresse.

— Excuses acceptées, Banks. Maintenant, j'ai l'impression d'avoir fait une rechute inattendue. Je ne peux pas me retenir une seconde de plus.

Kaylee poussa un cri lorsque James se laissa tomber entre ses cuisses. Un instant plus tard, il l'avait déshabillée et il la dévorait avidement, la bouche contre son sexe. Elle serra l'édredon entre ses deux mains, luttant pour garder le contrôle, mais elle avait peu de chances d'y arriver au vu de son adversaire redoutable.

Un ours déterminé, qui n'était pas près de renoncer à eux.

Elle ferma les yeux et, pendant le reste de la nuit, se laissa envahir par le plaisir.

JAMES LUI SOURIT à la table du petit déjeuner, le lendemain matin.

— J'ai besoin d'aller au bureau pour organiser la célébration de la fête du Canada. Je devrais pouvoir terminer tôt cet après-midi pour t'aider à aller chercher tes affaires.

Kaylee s'interrompit.

— De quelles affaires est-ce que j'ai besoin et pour aller où ?

Il ramassa leurs assiettes sales et les empila dans l'évier.

— Très drôle, Banks.

— Non, je suis sérieuse, insista-t-elle.

— Nous devons aller chercher tes affaires pour que tu puisses emménager chez moi. Je veux dire, tu n'as pas besoin de tout prendre. Surtout pas trop d'habits. Oublie les pyjamas, vu que tu n'en auras plus jamais besoin, mais le reste ...

Kaylee prit une profonde inspiration et fit le point dans sa tête. Elle avait promis de saisir à pleines mains son futur avec lui. Sa réaction initiale était « ça va trop vite », mais était-ce vraiment le cas ?

Un peu. Cependant, elle pouvait faire avec.

— Ce que je vais faire, c'est préparer un sac avec les choses dont j'aurai besoin pour les jours à venir, mais je vais garder mon appartement. Pas parce que j'ai prévu de m'enfuir à nouveau, mais juste comme ça.

James haussa les épaules.

— Tu as payé jusqu'à la fin du mois, alors j'imagine que ça ne presse pas vraiment. Tu as probablement besoin de donner un mois de préavis. Si on prévoit de faire le plus gros à la fin de l'été, ça te laissera le temps de t'y faire ?

Toute tension la quitta.

— Merci d'avoir compris. C'est une très bonne idée.

— Je peux te déposer chez toi tout à l'heure, proposa-t-il.

Kaylee secoua la tête.

— Je dois y aller ce matin pour récupérer mes appareils pour la séance photo de l'après-midi. Et j'ai rendez-vous avec Amber après le travail aujourd'hui. On va prendre un verre.

Il ricana.

— Je parie qu'elle a un million de questions. Elle va te casser les oreilles, mais je ne peux pas vraiment lui en vouloir. Mes frères feront sans doute la même chose quand je reprendrai contact avec eux.

— C'est un peu bizarre de faire tout ça, vu qu'il n'y a rien d'officiel entre nous. Cette histoire d'accouplement, je veux dire.

— C'est un peu bizarre, et alors ? demanda-t-il en lui tapotant le nez. Tu peux me rendre service et déposer mes vêtements au travail ? J'ai besoin de m'étirer et de courir un peu avant d'y aller. Je n'ai pas été très sympa avec mon ours en l'enfermant toute la semaine.

Elle sourit.

— Nos côtés animaux savaient que nous avions bien plus envie d'être sous notre forme humaine pour nous occuper de... tout ce qui est sexuel.

Il lui rendit son sourire.

— Tout à fait.

Kaylee passa ses mains le long de son torse.

— Maintenant que nous sommes un peu plus équilibrés, mon chat a hâte d'aller courir un peu avec toi.

Il lui prit les doigts et embrassa ses phalanges.

— Viens avec moi maintenant, proposa-t-il.

Kaylee secoua la tête.

— J'ai un rendez-vous que je ne peux pas manquer, mais bientôt.

— Mon ours aimerait courir avec toi, lança-t-il en lui serrant les doigts tandis qu'une vague de chaleur se dégageait de son regard. Il aime ta « chatte » aussi.

Elle ricana.

— Tu es terrible.

Il est terrible, mais plutôt mignon, confirma son chat avant de disparaître à nouveau.

Quinze minutes plus tard, ils étaient en bas. Kaylee resta derrière son pick-up pendant que James retirait ses vêtements. Cela lui rappela la semaine passée, mais tant avait changé depuis.

Il remua les sourcils d'un air suggestif en repliant son pantalon, puis l'empila avec le reste de ses habits dans les bras tendus de Kaylee.

— Un petit coup rapide ?

Elle déposa les vêtements sur le capot du pick-up.

— C'est vraiment ce que tu veux que je raconte à mon amie ? Combien tu es rapide en besogne ?

Il riait encore lorsqu'il l'embrassa. Ses lèvres se raffermirent et il la serra de manière plus possessive. Elle était à bout de souffle lorsqu'il recula pour se transformer. Le tourbillon de lumière et de chaleur était si proche qu'il lui caressa la peau. Elle eut l'impression qu'on l'avait embrassée partout où ils se touchaient.

Puis l'ours imposant qu'était James rôda autour d'elle, ses lourdes pattes atterrissant en douceur sur le béton lorsqu'il frotta son flanc contre elle, comme un énorme matou.

Elle tendit la main et emmêla ses doigts dans sa fourrure sur une impulsion, le caressant pendant qu'il grondait de plaisir. Il s'éloigna enfin avec une grâce pataude et elle l'observa partir. Au fond, elle avait l'impression de rêver.

13

James fit un détour sur le chemin du travail et n'éprouva pas une once de culpabilité. Après tout, il n'était pas de service tant qu'il n'avait pas franchi la porte, et son côté sauvage avait besoin d'un peu d'air frais.

Pas dérangé tant que ça d'avoir été enfermé, l'informa son ours.

Cet enfoiré avait pris un ton jubilatoire et James rit en lui donnant sa réponse habituelle.

La ferme.

Quoi ? Tu t'es amusé, je me suis amusé. Je dis juste ça comme ça.

Il n'avait pas eu le moindre doute quant au fait que son côté bestial serait heureux avec Kaylee auprès de lui, mais alors qu'ils s'enfonçaient à travers les bois et pataugeaient dans les ruisseaux, il réfléchissait. Il ne voulait pas se perdre en suppositions, alors il lui posa franchement sa question :

Sais-tu pourquoi Kaylee ne ressent pas encore la connexion d'accouplement ?

Non. C'est peut-être à cause de son chat. Son autre

moitié était bien plus pragmatique. *Garde-la quand même. Je l'aime bien.*

Ils étaient deux, dans ce cas.

Aussi étrange que cela puisse paraître, cette petite assurance apaisa grandement les craintes qui s'attardaient au fond de ses pensées. James attrapa ses habits là où Kaylee les avait laissés, dans son véhicule déverrouillé.

Cinq minutes plus tard, il déambulait dans les couloirs des Joyaux Borealis, regardant à travers les cloisons de verre et saluant les visages familiers.

Tout le monde le saluait en retour, et certains sourires se transformèrent en rictus narquois. Il semblait que les nouvelles avaient voyagé vite et que tout le monde connaissait le motif de son absence la semaine dernière.

Il était sur le point de prendre les escaliers qui menaient au bureau de Cooper lorsque son grand-père Giles et Alex approchèrent.

— Te voilà !

James se demanda s'il devait prendre la sortie de secours et disparaître, mais il n'avait pas fui son grand-père depuis ses huit ans, lorsqu'il avait brisé une vitre dans le bureau du vieil homme.

Il fourra les mains dans ses poches.

— Me voilà.

Son grand-père fondit sur lui avec empressement. Alex le suivit d'un pas plus lent. Son regard était amusé, mais il secoua légèrement la tête, comme s'il éprouvait de la compassion pour lui avec la tempête qui s'annonçait.

— Alors ? s'enquit immédiatement Giles.

James le regarda droit dans les yeux. Comment exactement pourrait-il tourmenter le vieil homme ?

C'était simple. Kaylee lui avait donné l'idée parfaite.

— Comme convenu, j'ai rempli ma part du marché et je n'ai pas évité la fièvre d'accouplement.

Il se détourna de son grand-père et s'adressa à Alex :

— Peut-on parler de la sécurité pour l'événement de la fête du Canada ? J'ai quelques questions en ce qui concerne le système audio et l'accès aux coulisses...

Il fut interrompu par une petite quinte de toux. C'était probablement son grand-père Giles qui s'étouffait avec toutes les choses qu'il voulait dire, mais qu'il n'était pas en mesure de faire.

Alex parvint à garder une expression impassible et tapota le dos du vieil homme.

— J'aurai fini avec Papy dans vingt minutes environ. On peut se voir à ce moment-là.

— Parfait.

— Tu n'as pas répondu à ma question, mon garçon, répondit furieusement Grand-père Giles. Et je n'ai rien exigé. Je n'ai fait que signaler que les jeunes hommes responsables dans la plupart des familles seraient heureux de remplir leur devoir et de...

— S'accoupler sur commande ? Se reproduire ? compléta obligeamment James.

Cette fois, Alex dut toussoter pour cacher son amusement.

Grand-père Giles était au bord de l'ébullition.

— Fais attention à ne pas prendre le melon, jeune homme, menaça-t-il en pointant James du doigt.

— Crois-moi, et je parle au nom d'Alex, de Cooper et de moi-même en te disant que la dernière chose que nous voulons, c'est que tu t'inquiètes de ça. Tu as été très clair. Maintenant, ne t'attends pas à ce que nous te laissions te mêler davantage de nos vies.

Alors que son grand-père crachait presque de la fumée,

James en profita pour adresser un clin d'œil discret à son frère.

— On se voit dans une demi-heure.

Puis il poussa la porte derrière lui et monta les escaliers, prévoyant déjà le résumé qu'il allait faire à Kaylee pour son plus grand amusement.

Il trouva une pile de travail sur son bureau et en vint à bout de la majeure partie avant qu'Alex ne le rejoigne.

Son frère déposa une tasse fumante devant lui avant de s'installer dans le fauteuil confortable que James avait acheté pour se détendre, son propre café à la main.

— Tu es de bon poil, visiblement.

— Je ressens quelque chose, confirma James.

Il leva sa tasse et prit une grande gorgée du liquide chaud, soupirant de satisfaction lorsqu'il le sentit couler dans sa gorge. Il jeta un regard vers Alex qui buvait en silence tout en l'observant, un tas de questions affichées sur son visage.

— Tu fais preuve d'une maîtrise incroyable, commenta James d'un ton acerbe.

— Je suis déchiré entre l'admiration et la terreur, confessa Alex. Bon. La fièvre d'accouplement. Et... *Kaylee* ?

Eh bien, c'était ce qu'on appelait aller droit au but. James parla lentement :

— Kaylee. Ce serait parfait, si ce n'est qu'elle ne ressent pas encore le lien d'accouplement, contrairement à moi.

L'attitude décontractée et nonchalante d'Alex s'envola. Il s'avança au bord de son fauteuil et fixa James avec horreur.

— Quoi ? Comment ? Je veux dire, *comment est-ce possible* ? Ça fait des années qu'elle est folle de toi.

La mâchoire de James lui en tomba au sol.

— Ne dis pas n'importe quoi. Nous avons toujours été uniquement des amis.

Alex leva les yeux au ciel d'une façon typique de grand frère.

— C'est ça. Des amis qui en pinçaient l'un pour l'autre. Bon sang, parfois ça me rendait fou d'être coincé dans la même pièce que vous. Vous êtes faits l'un pour l'autre.

— C'est exactement ce que je pensais. C'est pour ça que, quand Papy a annoncé son plan machiavélique, j'ai décidé d'agir en amont. J'ai toujours aimé passer du temps avec Kaylee. Maintenant, c'est fait, et nous avons passé cette semaine ensemble. C'était incroyable, merveilleux, et… commença-t-il avant d'inspirer profondément et de cracher le morceau. Au risque de sembler idiot, et si elle ne voulait *pas* de moi ? Elle m'a affirmé le contraire et elle a promis de faire tout ce qui était possible pour initier le lien d'accouplement, mais, de toute évidence, il y a quelque chose qui cloche.

L'expression sur le visage de son frère se fit plus concentrée.

— Tu as organisé ça ? Tu voulais t'accoupler avec Kaylee ?

— Bien sûr. Je me suis dit qu'avec tout ce qu'il y avait entre nous, on avait une bonne chance d'y arriver.

— Intéressant, répondit Alex, pensif.

Puis il secoua la tête et reporta son attention sur James :

— Tu as plusieurs options. La première, c'est d'attendre. Peut-être que cela prend un moment pour que la connexion se fasse de son côté. Tu es certain de la ressentir ?

James hocha la tête. Il posa une main sur son torse et ce tourbillon de possibilités brûlant ébranla jusqu'à son âme.

— C'est là, je te le jure.

— Peut-être qu'elle ne sait pas ce qu'elle doit ressentir de son côté.

C'était possible, en effet.

— Eh bien, jusqu'à le ressentir, elle peut difficilement l'accepter.

C'était bien ce qui rendait tout cela si frustrant. James secoua une main dans les airs.

— Changeons de sujet. Donne-moi les détails du projet pour la fête du Canada. Je ferais bien de m'occuper jusqu'à ce que Kaylee soit disponible.

— Cooper voulait qu'on se réunisse, lui confia Alex en changeant de position pour récupérer les schémas de sécurité éparpillés sur le bureau. Il s'inquiétait pour toi. On s'inquiétait tous les deux. On prend un verre après le boulot ?

Parfait. S'ils tombaient par hasard sur Kaylee pendant qu'elle était avec ses amies, eh bien, plus on est de fous, plus on rit.

— Ne vous inquiétez pas pour moi, tous les deux, répondit James. Je te jure de faire ce qu'il faudra.

14

───────

*K*aylee avait passé la majeure partie de sa matinée à réaliser des tâches subalternes lorsque la réalité la frappa de plein fouet.

Entre la tonne d'e-mails professionnels auxquels elle devait répondre et les séances photo de portraits privés pour lesquelles elle avait été embauchée, il était midi lorsqu'elle leva enfin le pied, permettant à son cerveau d'assimiler tout ce qui s'était passé.

Heureusement que le seul travail qu'elle avait sur son planning la semaine dernière était pour le compte des Joyaux Borealis. Au vu des circonstances, ils comprendraient certainement pourquoi elle avait remis cela à plus tard.

Même si elle n'avait été absente que le temps d'une semaine, son appartement lui semblait plus froid et solitaire que jamais.

Elle reçut la notification d'un nouvel e-mail, y jeta un œil et constata qu'il s'agissait d'un message de ses parents.

Ô joie. Ô bonheur.

Elle se demanda si elle devait l'effacer sans même le lire,

mais comme cela faisait six mois qu'ils ne l'avaient pas contactée – et aussi parce qu'elle était un peu masochiste –, elle l'ouvrit.

BONJOUR, *mon cœur. J'espère que tout va bien.*

J'ai déposé plus d'argent dans le compte commun au cas où tu en aurais besoin. Ne t'inquiète pas. Nous ne nous attendons pas à ce que tu nous rembourses.

Nous avons de merveilleuses nouvelles. On nous a demandé de nous unir à un tout nouveau projet de recherche dans les montagnes de Roumanie. Nous y resterons au moins six mois de plus.

Malheureusement, cela veut dire que nous ne rentrerons pas à la maison la semaine prochaine, et j'avais organisé la livraison de plusieurs paquets chez nous. Certains d'entre eux contiennent du matériel délicat qui doit immédiatement être placé à la boutique. Je te transférerai le message quand je recevrai la confirmation de livraison.

Je compte sur toi pour t'en occuper.

Je te donnerai des nouvelles dès que possible.

M & P

AVEC UN SOUPIR D'EXASPÉRATION, Kaylee commença à pianoter.

SALUT. *Bien sûr, tout baigne par ici. Je vais potentiellement m'accoupler avec mon meilleur ami, si j'arrive à me ressaisir suffisamment pour trouver ce qui cloche chez moi. Mais, bien sûr, je meurs d'envie d'écouter vos récits de voyage, même si vous ne prenez pas la peine de m'écrire* tant que vous n'avez pas besoin de quelque chose. Oh, mais je suis certaine que si vous continuez de me donner de l'argent pour résoudre tous les problèmes, tout finira par s'arranger.

ELLE FIXA l'écran de l'ordinateur, folle de colère.

En son for intérieur, son chat gronda, furieux et exaspéré au plus haut point. Ce fut tout ce dont elle avait besoin pour passer à l'action.

Il ne lui fallut qu'un clic décidé pour imprimer le message. Kaylee s'empara du papier dès qu'il sortit de l'imprimante et l'emporta dans la cuisine.

Tout du long, elle divagua à haute voix, comme si elle tenait une conversation raisonnable.

— Bien sûr, je n'aurai rien à faire d'ici là, donc je serai ravie de tout plaquer pour pouvoir m'occuper de votre matériel délicat qui aura sans doute été cassé pendant le voyage. Et quand vous finirez par ouvrir les cartons, vous rejetterez la faute sur moi.

Elle attrapa une paire de ciseaux et les posa sur le plan de travail.

Puis, elle s'empara de la feuille de papier et la secoua violemment.

— Sans parler qu'avec votre absence, vous allez rater mon anniversaire. *Encore.*

Elle agita la feuille et la chiffonna. Puis elle la déplia pour mieux la froisser de nouveau.

Elle jeta la boule au sol et l'écrasa avec ses talons jusqu'à ce que le papier ne soit plus qu'une crêpe aplatie.

Enfin, elle l'ouvrit et le plia avec soin pour en faire une fine bandelette – dans la mesure du possible, étant donné qu'il était à présent tout froissé. C'était étrangement et incroyablement satisfaisant de découper l'origami mutilé en dizaines de bandelettes minuscules.

Elle ramassa le désastre, le jeta dans l'évier et approcha un briquet. Le papier prit feu lentement, d'abord avec des flammes rouges crépitant sur le bord avant que l'ensemble ne s'embrase.

Tout en regardant la feuille qui se consumait dans l'évier, Kaylee se redressa et évacua toute sa contrariété.

— Vous n'avez *plus* le droit de me faire ça, déclara-t-elle. Vous n'avez pas le droit de me donner l'impression de valoir moins que vous ou d'être une moins-que-rien juste parce que ce que j'attends et ce que vous m'offrez sont deux choses totalement distinctes. J'en ai assez.

Elle croisa les bras sur sa poitrine, avec la vague impression d'être une super-héroïne tandis que la fumée montait du papier.

— Vous savez quoi ? Ces paquets peuvent rester sur le putain de porche et prendre la pluie. Des animaux peuvent bien venir les renifler, les mordre et pisser dessus, pour ce que j'en ai à faire. Je ne ferai plus tout ce que vous me demandez. Parce que *James* n'attendrait jamais ça de moi. Ce qui veut dire que ce n'est pas normal de l'exiger.

Elle ressentit un frémissement à l'intérieur. L'impression qu'elle venait juste de défier le sort, et même s'il n'y avait aucun moyen pour ses parents de savoir ce qu'elle venait de vociférer, un frisson lui parcourut l'échine.

L'alarme incendie se mit soudain à hurler.

Kaylee poussa un cri atterré et s'élança vers le robinet. Cependant, lorsqu'elle l'ouvrit pour tenter d'éteindre les flammes, la buse de pulvérisation était pointée dans la mauvaise direction et l'eau lui gicla en plein visage.

Elle se retrouva trempée.

Après avoir tourné le jet dans la bonne direction, elle

l'abandonna dans l'évier et grimpa sur une chaise, levant le bras pour ouvrir l'alarme incendie et en retirer la batterie afin d'éviter qu'elle ne lui déchire les tympans.

Kaylee éteignit le feu dans l'évier et se campa devant, de l'eau gouttant du bout de son nez tandis que ses oreilles sifflaient. Un éclat de rire jaillit sans crier gare.

D'accord. Voilà exactement ce qu'il fallait éviter lors d'une crise.

Elle se lava les cheveux pour se débarrasser de l'odeur de brûlé, prépara un sac et le jeta dans le coffre du pick-up. Ensuite, elle se rendit en ville à la taverne des Diamants, le bar qui appartenait à James et à ses frères.

Ils avaient ouvert leur affaire environ un an avant d'hériter de plusieurs missions au sein de l'entreprise de pierres précieuses familiale, et c'était devenu l'un des endroits les plus branchés en ville. Les ours aimaient faire la fête, tout comme la plupart des humains et des métamorphes du Nord.

Les loups locaux, la meute Orion, tenaient leur propre établissement où il leur était autorisé de hurler dans la partie nord de la ville. Le Sirius Bar avait tendance à attirer un public encore plus sauvage que la taverne des Diamants, presque tous les soirs.

James voulait un établissement à mi-chemin entre le lounge décontracté et le snack-bar. Comme la plupart de la clientèle était composée de métamorphes, tout était grand, clinquant et facile à remplacer.

Ce n'était pas parce que la taverne des Diamants accueillait un public à la trempe moins explosive que le Sirius Bar qu'il n'y avait pas de bagarres au quotidien.

Amber se trouvait déjà dans le fond, assise avec une femme dont les cheveux blanc argenté étaient en partie cachés sous un bonnet noir.

Kaylee se glissa sur la banquette à côté de son amie et reçut avec plaisir son étreinte.

— Je pensais qu'on aurait quelques minutes en tête-à-tête, lui chuchota-t-elle.

La femme magnifique assise en face d'elles lui tendit la main :

— J'en suis navrée. Je suis arrivée en avance et je ne pensais pas que rester sur le parking soit une bonne idée. Avec ma veine, quelqu'un aurait pu penser que j'étais en repérage, expliqua la métamorphe avec un clin d'œil avant de se présenter. Je suis Lara. Et n'oubliez pas, j'ai une très bonne ouïe. Si vous avez besoin de parler en privé, je peux me rendre aux toilettes.

Kaylee l'observa, se demandant ce dont Lara parlait.

Un reniflement plus tard, les poils de son félin se hérissèrent. Pas littéralement, mais la réalité se fit claire comme de l'eau de roche. Lara était un loup. Bien que la plupart des métamorphes aient des sens plus accrus que la moyenne humaine, l'ouïe des loups était légendaire.

Kaylee pencha la tête.

— Merci de m'avoir prévenue, il n'y a pas de problème. J'ai passé une sacrée semaine, mais Amber et moi pourrons en discuter plus tard. J'ai hâte d'apprendre à te connaître.

— Moi aussi. Les filles...

Lara baissa les yeux vers son verre et remua les glaçons pendant un moment.

— Je n'ai pas beaucoup d'amies avec qui discuter. C'est plutôt nouveau pour moi.

Sous la table, Amber posa sa main sur la jambe de Kaylee et la serra discrètement.

Cette dernière regarda dans sa paume pour y découvrir un petit morceau de papier plié. Avec maladresse, elle attendit qu'Amber et Lara soient en train de discuter des choix d'entrées pour pouvoir lire furtivement le message.

C'était une série de trois courtes phrases.

*C*ADETTE DE LA FAMILLE.
Sœur de l'alpha de la meute de loups Orion.
Service de sécurité, Minuit Inc.

C*E QUI CORRESPONDAIT PLUS* ou moins à ce que Kaylee avait deviné par elle-même.

Lara ne travaillait pas seulement là-bas, elle faisait partie de la famille qui possédait Minuit Inc., le principal concurrent des Joyaux Borealis.

— Avez-vous fait votre choix, mesdames ? demanda le serveur à côté de leur table.

Il arborait un sourire charmeur en les regardant sans détour. Tout du moins jusqu'à ce que son regard tombe sur Lara.

Il écarquilla alors les yeux.

Lara haussa un sourcil, mais elle ne dit rien. L'homme ouvrit et referma la bouche à plusieurs reprises, jetant un regard par-dessus son épaule comme s'il attendait des renforts.

Amber se racla la gorge pour attirer son attention.

— Y a-t-il un problème ? demanda-t-elle, le visage sévère.

C'était amusant de voir le serveur, qui devait mesurer près d'un mètre quatre-vingt-dix et peser cinquante kilos de plus qu'Amber, se redresser comme si l'on venait de l'attraper la main dans le sac.

Il secoua la tête vigoureusement et prit leur commande,

avant de s'esquiver en vitesse comme s'il avait peur que Lara bondisse depuis l'autre bout de la table pour le secouer.

Ou pire, Amber.

Lara enfonça un peu plus son bonnet sur sa tête et s'avachit dans son siège.

— Je suis désolée, les filles. On aurait dû choisir un endroit un peu plus neutre pour se rencontrer.

— Il n'y a aucune règle stipulant que tu n'as pas le droit d'être ici, rétorqua rapidement Amber.

Kaylee vint en renfort.

— Je suis d'accord. Et, en toute honnêteté, je ne pense pas que tu aurais pu nous convaincre d'aller ailleurs, car c'est à la taverne des Diamants qu'on sert les meilleures ailes de poulet en ville.

Un sourire délicat se dessina sur le visage de Lara et elle se redressa légèrement.

— Merci. Je vous en suis reconnaissante. Plus que vous ne pouvez l'imaginer.

Elle leva son verre et le tint en l'air avant d'établir un contact visuel avec Kaylee et Amber :

— À de nouvelles amitiés !

Kaylee entrechoqua leurs verres pour trinquer.

— À ne pas savoir ce qu'on fait, mais aller de l'avant quand même !

Lara émit un petit rire et elle leva son verre de plus belle.

— Oui, on peut le dire !

La musique était forte, et il y avait suffisamment de mouvement sur la piste de danse pour qu'il devienne vite évident que personne ne s'intéressait vraiment à la présence de Lara en territoire inhabituel.

Toutes les trois parlèrent à voix basse du secret que

Kaylee avait découvert. Lara partagea ce qu'elle put, mais dut secouer la tête quand on lui posa des questions spécifiques par rapport au rachat dont elles avaient entendu parler.

— Je ne suis pas de retour en ville depuis assez longtemps pour connaître les détails. Après des années passées à Toronto, revenir et reprendre ma place dans la meute demande un peu de temps, mais j'y parviendrai, expliqua Lara en les regardant. J'ai pensé que ce serait une bonne idée de vous rencontrer toutes les deux et d'essayer de créer un lien, au cas où il faudrait que j'intervienne rapidement.

— C'était une bonne idée, approuva Amber avant de regarder Lara de plus près. Je suis contente que tu sois disposée à parler avec nous, mais j'ai du mal à en comprendre les raisons. Tu ne veux pas que ta famille tienne la première place ?

La tristesse voila le visage de Lara.

— Vous savez ce qu'on dit, que les liens du sang sont plus forts que tout ?

Toutes deux hochèrent la tête.

— Avez-vous déjà lu cette citation dans son intégralité ? demanda Lara sans détour. Son véritable sens est une merveille, et une bonne philosophie. J'aime ma sœur, aussi épuisante soit-elle, mais la confiance est plus importante que la famille dans laquelle je suis née. Je ne soutiendrai pas aveuglément quelqu'un qui ferait preuve de malveillance. Ce qui veut dire que si ma sœur triche, ment ou joue avec la vie des gens de quelque façon que ce soit, je souhaite le savoir pour arranger les choses.

Amber attrapa la main de Lara et serra fort ses doigts.

— Je suis désolée.

— Moi aussi. Je n'en suis pas certaine à cent pour cent,

tu sais. J'espère qu'il ne s'agit que d'une rumeur et que je découvrirai que toutes ces messes basses sont tout à fait légales et honnêtes.

— Nous t'aiderons autant que possible, mais nous sommes aussi ravies d'apprendre à te connaître. En dehors des manigances, bien sûr.

La femme lissa sa tresse argentée quelques instants avant de lever les yeux d'un air décidé.

— Ça me fait plaisir. J'étais sincère tout à l'heure. J'ai envie d'avoir de nouvelles amies.

Sur une impulsion, Kaylee tendit la main et serra celle de Lara dans la sienne.

— Si tu as besoin de parler, il te suffit de m'appeler.

— Pareil pour moi, renchérit Amber. Mais s'il s'agit de trucs de métamorphes, je peux utiliser un navigateur de recherches, pas grand-chose de plus.

— Je ne sais pas. Tu es plutôt pas mal pour une humaine, la taquina Kaylee.

Amber lui tira la langue.

Ce fut Lara qui aborda le sujet tabou, se tournant vers Kaylee avec le sourire.

— Alors, as-tu fini par être accouplée avec ton ours ?

— Où est-ce que tu as entendu ça ? s'étonna Kaylee.

Leur nouvelle amie fronça le nez.

— Les ragots dans les petites villes, et les loups sont des fouineurs par nature. En toute honnêteté, la curiosité est toujours à son comble quand il s'agit de la fièvre d'accouplement. Les ours polaires sont les seuls métamorphes qui expérimentent ça et ils ne disent pas un mot à ce sujet. Vu que nous, les loups, nous reconnaissons nos compagnons quasiment dès le début, ça me fascine de voir la façon dont tout se déroule si différemment pour les autres métamorphes.

Amber posa une main sur le bras de Kaylee :

— Tu n'es pas obligée de répondre, mais au moins, Lara comprend le sujet de l'accouplement, alors que moi, l'humaine du groupe, je n'en suis pas capable.

Kaylee entortilla sa serviette.

— J'ai envie d'être avec lui, mais pour l'instant, je ne ressens rien d'inhabituel. Les chats n'ont pas de compagnon dicté par le destin et je n'ai pas ressenti de tiraillement intense ni rien de ce genre. Je ne sais pas. À quoi doit ressembler un lien d'accouplement ?

— Comme le moment où tu as retenu ton souffle trop longtemps, et si tu ne sors pas la tête de l'eau pour respirer de l'air frais, tu sais que tu vas mourir. Imagine cet instant, continu et impérieux. C'est ce que provoque un lien insatisfait.

Lara but une gorgée en toute nonchalance, alors qu'Amber et Kaylee la fixaient du regard, abasourdies.

Leur nouvelle amie haussa les épaules.

— C'est ce qu'on m'a dit.

Ah, d'accord.

— Je ne ressens rien de ce genre, mais James dit qu'il veut être avec moi, et j'ai envie d'être avec lui. Alors, nous verrons bien ce qui se passe.

Amber serra de nouveau ses doigts sur la table.

— Encore une fois, en tant que seule humaine du groupe, je ne trouve pas ça si étrange. Ça m'a l'air d'une histoire d'amour normale, et puis d'un emménagement ensemble, comme chez la plupart des humains.

— Non, c'est bizarre, répondirent en chœur Lara et Kaylee, déclenchant un éclat de rire à leur table.

— Qu'y a-t-il de si drôle ? fit alors une voix grave, à moins d'un mètre sur la gauche de Kaylee.

Elles levèrent les yeux pour découvrir non seulement

James, mais aussi Cooper et Alex, debout avec lui. Ils surplombaient la table comme des ours immenses et surprotecteurs...

Exactement ce qu'ils étaient.

— Vous allez nous inviter à nous asseoir ? les taquina James.

— Bien sûr, s'empressa de répondre Amber en se collant au mur.

Kaylee glissa vers le milieu de la banquette pour que James ait la place de les rejoindre, Amber et elle. Elle l'interrogerait plus tard sur les coups d'œil hostiles qu'Alex lançait à Lara et dont il ne s'était même pas rendu compte.

Quoi qu'il en soit, le bar leur appartenait. S'il y avait des dégâts, ce serait à eux de les payer.

15

Lorsqu'il s'assit auprès de Kaylee et l'attira contre lui, James ne put s'imaginer nul autre endroit où il aurait préféré être.

Sa cuisse était contre la sienne, leurs hanches en contact. Il garda un bras autour de son corps, et à l'intérieur, son ours soupira de bonheur.

Elle se rapprocha. Sa voix trahit son amusement lorsqu'elle murmura :

— J'espère que tu as apporté l'argent de la caution.

De l'autre côté de la table, la troisième femme, celle qui avait des yeux incroyables – bruns et mouchetés d'or –, pouffa avant de s'intéresser à la carte des desserts. Alex avait été forcé de s'asseoir à côté d'elle, tandis que Cooper se tenait à l'extrémité de la banquette.

Ils avaient fait en sorte que l'établissement soit aussi confortable que possible pour les métamorphes de toutes tailles, mais ils avaient tout de même l'air entassés.

— Vous allez survivre, là-bas ? demanda James.

Alex semblait très mal à l'aise et s'éloigna de Cooper pour tenter de laisser un peu d'espace à leur frère aîné, afin qu'il puisse bouger le bras et porter à ses lèvres le verre qui avait été apporté à la seconde où ils s'étaient assis.

En s'éloignant de lui, cependant, Alex se rapprocha de l'inconnue. Visiblement, aucun d'eux ne semblait passer un bon moment.

La femme aux cheveux blond argenté offrit à James un sourire agréable qui illumina son visage.

— Ça va. Tu n'es pas obligé de bouger pour moi.

Alex souleva son verre et but sans s'arrêter plutôt que de répondre.

James entremêla ses doigts à ceux de Kaylee et lui sourit.

— Vous avez pu vous mettre au courant des dernières nouvelles, Amber et toi ?

Dans l'angle, Amber pencha la tête en avant :

— Pas encore, mais une bonne séance de papotage, ça demande quelques jours.

— Tout dépend s'il y a beaucoup à raconter ou pas, commenta Kaylee.

— Oh, ma chérie, je pense qu'il y a beaucoup à raconter, rétorqua Amber en faisant un clin d'œil à James. Dis-moi si je peux aider à organiser quoi que ce soit.

Les assiettes d'ailes de poulet arrivèrent et, quelques instants plus tard, toute la surface de la table fut recouverte de plats et de toutes sortes de sauces à tremper. Pendant un moment, les mains se déplacèrent plus vite que les bouches, chacun optant pour sa spécialité de prédilection.

Puis la curiosité prit le dessus sur James et il se tourna vers la nouvelle :

— Pourquoi ai-je l'impression de te connaître ?

Son frère cadet ricana.

— Comment peux-tu ne pas le savoir ?

— Parce que ça fait des années que je ne vis plus ici,

répondit-elle sèchement en s'essuyant les doigts, avant de tendre sa main à James. Lara Lazuli.

Il garda son sourire, parce que cela faisait partie de son travail – rester calme et posé en pleine situation inattendue. Maintenant, la gêne d'Alex lui semblait logique. Oh, bon sang, Lara était la benjamine de la famille qui gérait Minuit Inc., leur principal concurrent.

Ce qui voulait dire que c'était une occasion parfaite pour torturer son frère, vu qu'Alex semblait dans tous ses états, bien plus qu'il ne l'aurait fallu devant ce brin de femme inoffensif.

James serra fermement la main de Lara.

— Pactiser avec l'ennemi. Ça me plaît. Voilà qui ajoute un peu de piment à la journée.

Kaylee lui donna une bourrade dans les côtes.

— Arrête ça. Ce n'est pas l'ennemi, c'est notre amie.

— Vraiment ? commenta Alex d'une voix froide et basse. Vous êtes devenues les meilleures amies du monde en un temps record.

Amber posa ses coudes sur la table et son menton dans ses paumes. Elle avait l'air adorable, l'image parfaite d'une bonne fée.

— N'est-ce pas ? C'est parce que nous autres, les femmes, nous sommes des créatures merveilleuses et extraordinaires.

Lara copia sa position délibérément mièvre et offrit un regard de biche à Alex :

— De véritables anges.

Il s'étouffa sur le coup. Cooper tapota gentiment Alex entre les omoplates.

Le voir sur les nerfs à cause de la femme aux traits délicats assise à côté de lui, c'était vraiment drôle. James s'amusa du divertissement. Avec Kaylee près de lui, tout n'était que bonheur.

Cooper et Amber se lancèrent dans un échange passionné sur le programme du gala de la fête du Canada à venir. L'organisation de l'événement incombait normalement à James, mais vu qu'il avait été hors course la semaine précédente, les choses semblaient avoir bien avancé sans lui.

Kaylee lui tapota l'épaule avant qu'il ne puisse intervenir dans la conversation.

— J'ai besoin d'aller au petit coin.

Il se décala pour la laisser passer, cachant un sourire narquois pendant que Cooper et Alex glissaient de leur côté de la banquette pour laisser Lara sortir également.

Il se tourna vers Amber d'un air interrogateur, lui montrant les autres filles qui s'en allaient déjà.

Elle secoua la tête.

— Non. Ça va.

— Je pensais que les femmes se déplaçaient uniquement aux toilettes en meute, la taquina-t-il.

Amber leva sa chope de bière d'un air amusé.

— L'humaine qui se tient devant vous a une bien meilleure vessie que le métamorphe moyen.

Ses deux frères rirent en reprenant place derrière la table avant de saisir leurs verres.

Cooper leva le sien, trinquant avec la petite brune :

— Que tu puisses toujours avoir plus que ce dont tu as besoin.

— Bon, plus sérieusement, qu'est-ce qu'*elle* fait là ? Lara, je veux dire, demanda Alex à voix basse, mais avec insistance, penché en avant.

Amber s'avança à son tour, comme si elle était sur le

point de partager un énorme secret. À voix basse, elle annonça avec grand enthousiasme :

— Elle boit un verre avec Kaylee et moi.

L'ours recula pour s'adosser contre la banquette, déçu.

— Amber.

— Alex, répondit-elle sur le même ton.

James et Cooper réprimèrent un éclat de rire. C'était si drôle de voir cette petite humaine prendre le contrôle d'une situation où elle aurait dû se sentir intimidée. Alex ne se laissa pas faire. À cet instant, il était en mode ours surprotecteur et étouffant.

Cependant, il était évident qu'Amber n'avait aucun problème à lui faire comprendre que c'était un territoire qu'il ne pouvait pas atteindre.

— Tu dois prendre du recul et te mêler de tes propres affaires, mon pote. Je sais que tu es le grand manit-ours de la sécurité des Joyaux Borealis, mais tu n'es pas responsable de vérifier avec qui Kaylee et moi passons notre temps, s'enflamma-t-elle, les yeux brillants.

Alex grommela faiblement :

— Manitou.

Elle fronça les sourcils.

— Quoi ?

— On dit « manitou », si tu veux tout savoir. Et ne te moque pas de moi en m'appelant grand manitou de la sécurité. Dans tous les cas, manit-*ours*, ça ne veut rien dire, c'est...

— Je sais *parfaitement* que manit-ours, ça ne veut rien dire, répondit Amber si sèchement que James ricana, s'interrompant aussitôt lorsque son frère le fusilla du regard.

Elle continua :

— Lorsque j'aurai quelque chose d'important à te dire,

si c'est le cas un jour, je le ferai. Jusque-là, ne fourre pas ta truffe dans mes affaires.

Alex avait toujours l'air ennuyé, mais il hocha rapidement la tête et cessa de la malmener.

La tension qui avait lentement monté disparut aussitôt.

Cooper s'apaisa alors qu'Amber se détendait, son verre à la main.

James laissa alors son regard vagabonder dans le bar. Entre Alex, qui aurait dû savoir qu'il ne devait pas se lancer dans une bataille face à quelqu'un contre qui il ne pouvait l'emporter, et Cooper, qui servait de renfort à son assistante personnelle – si tant est qu'elle en eût besoin, ce qui était peu probable –, James n'avait pas de quoi s'inquiéter.

Kaylee et Lara revenaient vers leur table en riant, côte à côte, tout en se faufilant dans la foule.

Soudain, un groupe leur barra le chemin.

James ne reconnaissait pas l'homme ni ses amis. Il ne voulait pas s'énerver, au cas où ce fût seulement un malentendu. Malgré cela, il se mit debout. Après tout, Kaylee était *à lui* et il comptait la protéger dans toutes les situations.

Le sang lui monta à la tête en même temps que sa colère, et il traversa la salle rapidement.

On ne leur avait pas barré la route par accident. Quelqu'un cherchait bel et bien des ennuis.

— Tu es mignonne, dit l'homme en levant une main comme pour caresser la joue de Kaylee. Bien trop mignonne pour traîner avec ce genre d'ordures.

Kaylee envoya valser sa main avant qu'il n'ait le temps de la toucher, pendant qu'un autre homme s'approchait de Lara.

Quelqu'un sur sa route leva le poing, mais James le contra pour se défendre.

Puis, comme la plupart des soirs dans une ville du nord, lorsque la violence faisait son apparition, elle se transforma en une vague grandissante jusqu'à ce que toutes les personnes rassemblées y soient mêlées.

Les coups pleuvaient, les corps s'effondraient. Les tables craquaient et le verre se brisait. Malgré tout, James progressa comme l'ours qu'il était. Il ne remarquait même pas chaque fois qu'il entrait en collision avec quelqu'un ; tout ce qu'il savait, c'était qu'il devait rejoindre Kaylee au plus vite.

Fondant en droite ligne, il faisait voler les corps hors de son chemin comme s'ils se téléportaient – à moins qu'il s'agisse de l'effet surpuissant de ses poings.

Lorsqu'il parvint à ressortir de l'autre côté de la foule, Kaylee se tenait debout, les bras croisés sur la poitrine. Elle lança un regard noir au premier homme qui avait essayé de la toucher...

... et qui était en ce moment même couché sur le sol, en train de geindre.

— Kaylee, lança James en se précipitant vers elle.

Ce fut là qu'il remarqua que Lara avait mis un autre homme à genoux, le corps dans une position douloureuse. L'un des bras de l'agresseur était coincé dans son dos et, de sa main libre, Lara lui tirait les cheveux, tordant sa tête dans un angle pénible à soutenir.

Lara affichait une douceur presque troublante lorsqu'elle murmura à Kaylee :

— Il y a des gens mal élevés dans ce bar.

— Ce n'est pas la clientèle habituelle, répondit-elle avec une expression tout aussi doucereuse. Ce doit être la pleine lune ou un truc de ce genre.

Dans le dos de Lara, au bord de sa vision périphérique, Alex et Cooper avaient empoigné deux autres des fauteurs de troubles par le col. James ne quittait pas du regard l'homme au sol qui tentait de ramper à reculons vers la sortie.

Le sang tambourinait dans ses tempes.

— Tu as essayé de toucher Kaylee, tonna-t-il. Prépare-toi à mourir.

16

Une douleur sourde s'était emparée du corps entier de Kaylee. Tout allait bien quand James affirmait vouloir être son compagnon, mais là ? Sérieusement ?

Alors que le grand gaillard s'élançait en avant, elle se planta devant lui, se heurtant contre son torse. James s'arrêta net.

— *Prépare-toi à mourir ?* Tu te prends pour D'Artagnan ?

Sous sa main, la poitrine de James continuait de palpiter, son cœur battant au rythme de ses inspirations. Ses yeux injectés de sang semblaient dans le vague et elle aurait pu jurer qu'il avait légèrement sorti les crocs alors qu'il tentait de retrouver l'homme qui s'enfuyait derrière elle.

— Il t'a touchée, gronda James, bien plus animal qu'humain.

— Ce n'est pas vrai, répliqua Kaylee.

Elle avait raison. Entre le fait qu'elle avait repoussé sa main et Lara qui s'était transformée en une véritable princesse ninja, s'en prenant au malotru *et* à celui qui avait suivi, elle avait à peine eu le temps de s'inquiéter.

— Il t'a touchée.

Cette fois, c'était un rugissement.

Bon. Maintenant, elle avait de quoi s'inquiéter. Il était impossible de lui faire entendre raison quand il était comme ça. Laissant toute pensée humaine derrière lui, il était prêt à combattre ou à fuir, selon ce qui se présenterait.

Sauf que son ours n'avait aucun réflexe de fuite.

Kaylee devait réagir vite pour éviter le bain de sang. Ou plutôt, éviter que cela n'aille plus loin que les types au nez ensanglanté et aux yeux au beurre noir qui parsemaient déjà le sol entre leur table et l'endroit où ils se tenaient maintenant.

Elle saisit l'avant de sa chemise dans ses deux poings et se pressa contre lui, utilisant son corps comme un bouclier pour tenter de le calmer.

— Je suis en sécurité. Je vais bien.

James avait du mal à se concentrer et il grognait encore.

Kaylee fit glisser ses mains sur son torse jusqu'à prendre son visage entre ses paumes. Comme il ne la regardait pas, elle céda à la frustration et l'empoigna par les oreilles, tirant fortement dessus pour attirer son attention.

Cette fois, son ours lui renvoya son regard.

— Je vais courir un peu, expliqua-t-elle aussi hautainement que possible, peut-être que si tu parviens à me rattraper, nous pourrons discuter de ton comportement ce soir.

Le bras de James se déploya comme pour l'attraper et lui faire un énorme câlin, mais elle n'était pas un chat pour rien. Elle se baissa au sol et, après avoir salué ses amies d'un geste de la main, elle se dirigea vers la sortie.

Quelqu'un dans la salle fut assez alerte pour se rendre

compte qu'elle avait besoin d'un peu d'aide et ouvrit grand la porte avant de s'écarter de son chemin. C'était une bonne idée, puisqu'elle utilisait déjà ses deux mains pour arracher son haut. Elle parvint à se glisser dans l'ouverture et exécuta un virage à droite, se jetant presque au sol tout en retirant sa jupe, se délestant de ses bottes pour achever sa transformation.

James n'avait que quelques secondes de retard sur elle. Quelqu'un avait dû lui barrer la route, laissant à Kaylee cette longueur d'avance, mais ce fut suffisant. Elle courut vers le chemin idéalement situé sur le côté du parking. Il s'enfonçait dans la nature, avec de nombreux sentiers de chasse et des pistes de course pour les humains qui voulaient aussi profiter des activités en plein air.

Une brise chaude lui cinglait les flancs. Kaylee prit de profondes inspirations et laissa la distance disparaître sous ses pieds. Elle se serait déplacée plus rapidement sur de la neige, mais les coussinets épais sous ses pattes lui permirent de parcourir les espaces parsemés de branches entre les arbres, tandis qu'elle filait entre un chemin et l'autre, éloignant James de toute personne qu'il aurait pu décapiter sous le coup de la colère.

Elle ralentit enfin et se jeta derrière un arbre... manquant percuter de plein fouet son corps massif, au beau milieu du chemin.

Kaylee fit marche arrière, détalant à travers un tas de ronces épineuses, se baissant suffisamment pour pouvoir s'y glisser sans perdre plus que quelques touffes de poils.

Elle courut vers l'espace ouvert de l'autre côté, aussi vite que possible, cherchant à passer devant lui. Il allait devoir contourner le taillis tout entier, et la distance supplémentaire lui donnerait le temps de...

Or lorsqu'elle retourna sur le sentier, il était là, allongé sur le chemin comme un mannequin posant pour *Playboy*, une jambe velue repliée et croisée par-dessus l'autre, la tête appuyée sur une patte.

Il est mignon, commenta son chat. *Il n'est pas censé être aussi mignon.*

Mignon, mais tellement horripilant.

Je l'embrasserais bien, ajouta son chat avec une douceur étonnante.

Voilà qui changeait la donne du tout au tout. Son félin s'intéressait rarement à *qui que ce soit*. Kaylee avança à pas feutrés vers James qui l'attendait, maintenant couché sur le ventre, et l'observait attentivement.

Bon sang, c'était quoi, ce bordel ? Kaylee laissa son côté sauvage faire ce qui lui chantait, à savoir mordiller le bout de son oreille.

James posa son énorme patte puissante contre elle avec une telle délicatesse qu'il n'aurait pas pu abîmer les ailes d'un papillon.

Rapidement, elle se transforma, et lui aussi. Il l'attira dans ses bras, au sol avec lui. Son corps toujours sous le sien, il s'empara de ses lèvres de manière possessive. Le faible grondement qui s'échappait de sa poitrine finit par disparaître lorsqu'il l'eut embrassée assez fort pour lui couper le souffle.

Elle se pencha sur lui, les mains pressées contre son torse nu, et baissa le regard vers ses grands yeux bruns.

— Je n'ai pas besoin que tu blesses des gens pour moi, le gronda-t-elle.

— Mais il t'a touchée, répéta James comme un enfant incapable de se sortir une idée de la tête.

Elle fronça le nez.

— Même pas, je me suis protégée.

— Il aurait pu te blesser.

Elle en doutait sérieusement.

— Lara avait l'air d'un garde du corps de haut niveau qui se serait dopé. Même s'il était parvenu à me toucher, elle lui aurait fait mordre le plancher en moins de deux.

Son expression laissa place à la confusion la plus totale.

— Lara a fait ça ?

— Oui. Et tes frères deux autres, uniquement parce que tu étais occupé à assommer une dizaine de personnes sur ton chemin.

Lorsqu'il cligna des paupières et eut la grâce d'avoir l'air un peu gêné, elle se rapprocha, frémissant sous la chaleur de leurs corps.

— Je vais bien, je te le jure.

Il baissa le menton en levant les yeux.

— Je pense que c'est le lien d'accouplement. Je veux dire, je n'ai jamais rien ressenti de tel auparavant, je ne me suis jamais senti aussi hors de contrôle.

Après une dernière inspection de son for intérieur, elle ne trouva rien d'autre que des bribes de peur et d'agacement, et même un brin d'amusement qui s'estompaient peu à peu. La terreur extrême sur le visage d'Alex lorsqu'il avait vu la douce Lara sur le point d'écorcher vives ses victimes lui avait laissé un souvenir particulièrement mémorable.

Aucun lien d'accouplement mystique n'était apparu subitement entre James et elle.

Tout de même, elle ne voulait pas qu'il s'inquiète pour cela.

— Je suis désolée que tu aies été pris par surprise comme ça. Et même si je ne ressens rien, je comprends. Nous ferons d'autant plus attention jusqu'à ce que les choses se calment.

James roula et la coinça sous son corps. La mousse verte

moelleuse dans son dos avait été réchauffée par le soleil et, avec ce bel homme allongé sur elle, toutes sortes d'idées intéressantes commençaient à lui venir.

Elle glissa les mains entre eux pour les refermer autour de son membre, le caressant délicatement.

Ses yeux roulèrent dans leurs orbites et il gémit :

— Kaylee.

— Quoi ? Nous avons fait une petite course sympa et tu m'as attrapée. Je pense que tu as droit à une récompense.

Elle avait envie de l'avoir dans sa bouche. Elle avait envie de sentir chaque partie de lui à nouveau.

Bientôt, il était à fleur de peau et ses mains la vénéraient avec inspiration. Ses gestes l'excitaient, la rendaient folle. Il joua avec ses seins, lui chatouilla les côtes et la caressa entre les jambes.

Elle fit de son mieux pour lui rendre toutes ses attentions avant de le repousser pour se lever et lui mordiller l'épaule. Ses dents glissèrent le long de son cou, sur ses muscles épais, puis elle l'embrassa sur la poitrine. Son torse était bouillant.

Pendant tout ce temps, ses mains étaient fermement enroulées autour de sa verge, qu'elle caressait avidement. Les doigts de James s'enfoncèrent profondément en elle, allant et venant dans une cadence qui lui laissa présager ce qui allait venir.

Elle allait jouir. Et lui aussi. Tous les deux.

— Kaylee, gronda James en guise d'avertissement lorsqu'elle se retourna.

À quatre pattes, Kaylee lui lança un regard aguicheur par-dessus son épaule. Il posa une main sur ses hanches en se positionnant derrière elle. Il lui caressa le dos dans un geste à la fois adorateur et impérieux.

— Je pourrais te contempler pendant des heures.

Elle avait mieux à lui proposer :

— Ne me contemple pas. Baise-moi.

Le corps tout entier de James fut secoué par sa demande obscène. Il avança le bassin contre elle, son membre long et épais entre ses cuisses. Elle sentit sa moiteur s'accentuer de plus en plus à mesure que son gland lisse venait heurter son clitoris sans relâche.

— Dis-moi que tu en as envie.

— Oui. Maintenant.

Elle ondula des fesses. Ce mouvement l'invita entre ses replis, et cette fois, il s'y enfonça profondément. Tout au fond, jusqu'à ce que ses hanches ne puissent plus progresser.

Oh, mon Dieu ! C'était si bon. Il se sentait si complet, uni à elle.

James haleta avec difficulté. Ses doigts s'imprimèrent dans sa chair alors qu'il se retirait et revenait à la charge. Le rythme augmentait, la pression grandissait. Kaylee retomba sur les coudes et s'arc-bouta tandis qu'il la martelait. Tout son corps vibrait avec une sensibilité extrême, la menant vers l'apothéose finale. Lorsqu'il pencha sur elle son corps chaud et protecteur et qu'il glissa une main sur son ventre pour venir jouer avec son clitoris, le compte à rebours fut lancé.

Trois, deux...

— *James*.

Son sexe se contracta autour de sa verge avec des spasmes si intenses que tous ses membres étaient prêts à se liquéfier sur le sol comme une crue printanière.

Il eut un vif mouvement de bassin, hurlant de plaisir si fort qu'on l'avait sans doute entendu à dix kilomètres à la ronde.

Malgré cela, elle n'en était pas gênée le moins du monde.

Encore ancré en elle, James se recroquevilla et ils se retrouvèrent assis, Kaylee sur son membre épais, dans les bras l'un de l'autre. Ils étaient en sueur et comblés au plus haut point.

Elle reposa la tête contre son torse et écouta les battements de son cœur.

— Super rencard, conclut-elle.

Son rire explosa du plus profond de sa poitrine et ils frémirent tous les deux.

Les doigts sous son menton, il l'inclina vers lui et lui offrit un sourire.

— Le meilleur, dit-il.

17

La semaine suivante s'écoula à toute vitesse. James était occupé avec les préparatifs du gala.

En plus de cela, réserver les tournées de promotion estivales était de plus en plus difficile. Les invitations affluaient et il devait y répondre. Il souhaitait les accepter en son nom et celui de Kaylee.

Finalement, il les renvoya en cochant la case « et son invité(e) », espérant de tout cœur qu'ils trouveraient un moyen, tous les deux.

En vérité, il la voulait à ses côtés. Pour toujours.

Pas seulement à l'appartement, où ils avaient pris l'habitude de se réveiller dans les bras l'un de l'autre, de batifoler, puis de préparer ensemble le petit déjeuner, le sourire jusqu'aux oreilles.

Pas seulement quand elle se joignait à lui dans des balades sous forme humaine et des courses poursuites sous forme animale.

Pas seulement quand ils passaient du temps avec Alex et Cooper, ses frères qui les observaient avec attention, comme s'ils cherchaient à protéger leur cadet d'un chagrin d'amour.

Kaylee tenait à lui. Il le *savait*. Il le savait du plus profond de son être.

Mais ils n'étaient pas compagnons. Cette infime possibilité restait bien cachée dans son cœur, peu importe combien cela lui paraissait réel.

Elle s'inquiétait toujours de tout ce qu'elle aurait à faire en étant sa compagne, et il ne semblait rien pouvoir faire pour la rassurer à ce sujet.

— Je ne voudrais pas nuire aux Joyaux Borealis, répéta-t-elle pour la énième fois. Si je monte sur scène avec toi, qui sait ce qui pourrait se passer ? Je pourrais faire une crise d'angoisse. Je pourrais tomber dans les pommes. De quoi j'aurais l'air, à la télévision nationale ?

Il la serra fort.

— Et si tu ne paniquais *pas*, parce que je suis là, avec toi ? Ou si tu ne montais pas sur scène avec moi ? Tu pourrais être quelque part, sur le côté, et saluer de la main.

— Oui, bien sûr. C'est l'idée parfaite. Je vois bien Meghan faire ça avec le prince Harry. Se tenir loin de la foule et faire un signe de la main quand tout le monde scande son nom. Ou rester dans la voiture et sortir le bras plutôt que de se tenir à ses côtés.

James ne put retenir un sourire.

— Pourquoi tu fais cette tête-là ? Nous avons une conversation sérieuse, dit-elle en le fusillant du regard.

Il ne put s'en empêcher.

— J'adore qu'on me compare au prince Harry. Et je pense que toi et Meghan, vous avez beaucoup en commun.

Elle marmonna en lui frappant le torse.

— Tu es vraiment une calamité.

— Mais je suis *ta* calamité, non ?

Ses lèvres s'étirèrent en un sourire.

— Évidemment.

Tout de même, ils n'étaient pas parvenus à trouver des solutions envisageables. Même si cela ne le dérangeait pas de la garder à l'abri des projecteurs, il était clair qu'elle avait besoin d'y être.

Et s'il la choisissait en tant que compagne – *ce qu'il ferait* –, il faisait le choix qu'elle soit à ses côtés.

Ce qui voulait dire...

Une pensée traversa son esprit bien trop vite pour s'y attarder.

Peut-être qu'il n'y réfléchissait pas de la bonne manière. Il s'efforça de chercher ce qui l'appelait dans le fond de ses pensées, mais avant qu'il ne puisse s'en rendre compte, c'était déjà le jour du gala. Sa belle, douce et courageuse Kaylee se tenait en face de lui, à la table du petit déjeuner, comme si elle se préparait à affronter un peloton d'exécution.

Il ouvrit la bouche et elle leva la main :

— Pas un mot. J'ai dit que je serais là pour toi, et j'étais sincère.

— Je veux te protéger, répondit-il en toute franchise. Tu ne dois rien faire qui te déplaise.

— Je comprends et je te remercie, vraiment. Mais tu as dit quelque chose de vrai, l'autre jour. Et si... commença-t-elle en levant un regard las vers lui, pourtant empli de détermination. Et si les choses qui me préoccupent se passaient seulement dans mon esprit ? Et si j'en étais capable, mais que je jetais l'éponge avant même d'avoir essayé ? Ce n'est pas juste envers toi. Alors, allons-y.

Il attrapa ses doigts dans les siens et les serra fermement avant de les porter à ses lèvres et de les embrasser tendrement.

— Voilà ma Kaylee Kat.

Elle quitta sa chaise et se hissa sur ses genoux. S'il n'avait pas activé une alarme sur sa montre pour lui rappeler l'heure à laquelle il devait partir, ses doux baisers l'auraient mis en retard.

Ils se dirigèrent ensemble vers la porte de l'appartement, main dans la main.

— Je serai près de la scène extérieure la majeure partie de la journée. Nous n'irons pas dans l'auditorium avant vingt heures, lui rappela James.

— Je te trouverai. Je vais me changer, puis je te rejoindrai.

James l'embrassa, son cœur empreint de tendresse. Elle passa encore un moment blottie contre lui avant de le lâcher, puis elle s'activa dans l'appartement comme si elle y était à sa place.

C'était le cas. Elle était totalement à sa place, quoi qu'en dise le lien d'accouplement.

Au parc des expositions, le parking commençait à se remplir à mesure que les gens se baladaient, achetant de la nourriture auprès des divers stands. Il y avait des familles partout, et des groupes d'adolescents qui se faufilaient dans les recoins moins surveillés pour flirter. Il semblait que toute la communauté se soit rendue à cet événement.

Il était au beau milieu de l'organisation d'un lot de prix lorsqu'il reçut son appel.

— Kaylee ? Où es-tu ?

— En retard. Je suis désolée, je ne pourrai pas être là pile à l'ouverture.

Les bruits de la foire étaient de plus en plus forts et il s'échappa du groupe avec lequel il travaillait pour tenter de trouver un peu de calme.

— Tu as besoin d'aide ?

Elle hésita un instant, puis répondit vivement :

— Un petit imprévu. Ça me demandera quelques heures pour m'en occuper, puis je serai là. Je te le promets.

Il trouva un coin tranquille et se concentra sur elle. Il l'écouta avec soin pour savoir s'il y avait autre chose qu'elle souhaitait lui dire.

Rien.

Il prit une profonde inspiration et choisit de lui faire confiance.

— Tu vas me manquer, lui confia-t-il. J'ai hâte de te voir, mais j'ai encore plus hâte que la fête soit terminée. Je prévois de te ramener à la maison et de te garder éveillée toute la nuit.

— Ça me plaît bien, lui répondit-elle. Allez, vas-y. Je suis sûre que des tas de gens ont besoin de toi et de ton aide. J'arrive aussi vite que possible.

Peu importe ce que les autres pensaient. Il lui envoya un baiser et sourit en entendant son rire à l'autre bout du fil avant qu'elle ne raccroche.

Même s'il avait beaucoup à faire, il ne put se sortir Kaylee de la tête. James travailla rapidement, sourit aux gens, discuta et fut aimable. Il observait la foule grandissante.

La chevelure sombre et familière d'Amber apparut lorsqu'elle sortit de la tente des organisateurs. James fut surpris de trouver Lara avec elle, ses longs cheveux blanc argenté coiffés en queue de cheval haute.

Les filles déambulèrent lentement. James constata avec intérêt plus d'une personne y regarder à deux fois en croisant la jeune femme, membre de Minuit Inc., à un événement pourtant sponsorisé par les Joyaux Borealis.

Y compris, sembla-t-il, son frère.

— Qu'est-ce qu'elle fiche là ? voulut savoir Alex.

James haussa les épaules.

— On dirait bien qu'Amber et Kaylee l'ont adoptée. Tu ne devrais pas monter sur tes grands chevaux, sinon elles vont toutes les trois faire de ta vie un enfer pour le simple plaisir de te voir agacé.

— Je ne lui fais pas confiance.

— Je ne la vois pas faire quoi que ce soit de douteux, lui signala James.

Il tourna la tête vers le parking, surveillant l'emplacement libre à côté de sa voiture dans l'espoir que le pick-up de Kaylee y soit apparu comme par magie au cours des trois dernières secondes.

— Ce n'est pas normal, se plaignit Alex en croisant les bras sur son torse. Inviter la concurrence à venir traîner ici alors que je suis certain qu'ils mijotent quelque chose...

— Peut-être que tu devrais garder un œil sur elle, suggéra James.

Tout était bon pourvu que son frère le laisse tranquille.

— J'y compte bien.

Alex tourna son air renfrogné dans la direction de James.

— Où est Kaylee ?

Super. La diversion avait échoué.

— Elle ne va pas tarder.

Son frère consulta sa montre.

— Le premier événement commence dans dix minutes, lui fit-il remarquer.

— Merci, Big Ben.

— Je dis juste ça comme ça. Kaylee fait généralement preuve de plus de ponctualité... commença Alex avant de s'interrompre en fronçant les sourcils. Attends un peu. Kaylee est ponctuelle, mais elle ne se rend pas à des événements de ce genre, d'habitude. Tu es sûr qu'elle va venir ?

L'inquiétude sur le visage de son frère l'exaspérait au plus haut point.

— J'ai dit qu'elle serait là.

Pourtant, à mesure que l'après-midi laissait place au soir sans le moindre signe de Kaylee, James avait de plus en plus de mal à rester souriant chaque fois qu'Alex lui lançait un regard éloquent.

Il monta sur scène comme il l'aurait fait d'habitude, seul, et annonça le lancement des courses pour les enfants avant de remettre des prix. Toutes ces choses qu'il avait faites un million de fois. Lorsqu'il eut besoin d'aide, Amber intervint comme toujours pour proposer une paire de mains supplémentaires, mais ce n'était pas ce qu'il voulait.

Il avait dû se passer quelque chose. Il vérifia son téléphone pour la centième fois. Il n'y avait pas de message, mais il gardait espoir. Il continuait d'avoir confiance en elle.

Elle viendrait. Elle avait promis, et Kaylee n'avait jamais trahi la moindre de ses promesses. Pas une seule fois au cours de toutes les années où ils avaient été amis.

Allez, Kaylee, j'ai besoin de toi à mes côtés.

18

———

Plus tôt dans la matinée...

Kaylee termina de se préparer dans le calme de l'appartement de James. La terreur dans son estomac avait disparu plus vite qu'elle ne l'aurait cru. Peut-être que tous ces « et si » qui s'étaient entassés dans son cerveau étaient réellement en train de s'effacer, ou du moins, suffisamment pour faire une différence.

Elle était morte de trouille à la perspective de se rendre au gala et que l'on attende de sa part de se comporter en tant que maîtresse de cérémonie, mais pour James, elle était prête à essayer.

Un arrêt rapide et elle le rejoindrait. Ainsi, faute de mieux, elle pourrait manger de la barbe à papa tout l'après-midi sous l'effet du stress jusqu'à avoir une bonne raison de vomir plus tard.

Elle entra dans le bureau de poste, fit un signe de la

main à l'agent qui se trouvait à la réception et se précipita dans le coin pour jeter un œil dans sa boîte.

Un retrait de colis et un avis de passage qui demandaient sa signature. Ce qui lui sembla étrange, jusqu'à ce qu'elle se rappelle ce que ses parents avaient prévu.

Non. Elle n'en avait rien à faire. Elle allait ignorer l'avis de passage pour l'instant. Peut-être que, si cela coïncidait avec leurs projets de la semaine, James et elle se rendraient à la maison de ses parents, à la campagne, pour voir s'il y avait encore quelque chose à déplacer.

L'esprit rebelle, elle se sentit toute guillerette lorsqu'elle se rendit au bureau d'accueil, la notification du retrait de colis voletant entre ses doigts. Elle sifflotait même un peu.

Kaylee remit sa carte.

— Vous avez quelque chose pour moi ?

— Un par ici, et il y en a plus, répondit la postière en se levant pour attraper une boîte sur l'étagère derrière elle. Ce petit paquet a pu rentrer dans le bureau, mais pour le reste, il a fallu deux camions pour tout déposer à l'adresse principale. Ça nous a pris par surprise. Signez ici, s'il vous plaît.

— Les deux énergumènes qui me servent de parents sont la définition même de la surprise, expliqua Kaylee.

Zut. Elle n'avait pas réussi à éviter entièrement d'y être mêlée, mais rien ne stipulait qu'elle devait aller vérifier la livraison dans la journée. Elle signa le papier avec un peu plus d'enthousiasme avant d'accepter la boîte qui n'était guère plus grosse qu'une corbeille à pain.

— Passez une bonne journée, lança la postière lorsque Kaylee sortit, balançant le paquet léger dans sa main.

Soudain, la boîte cria.

Il lui fallut tout son self-control pour éviter de la laisser tomber sur-le-champ. Sans prêter attention aux quelques touristes dans la rue, Kaylee la déposa au sol pour l'examiner de plus près. Il y avait deux petits trous sous le bord supérieur du rabat, cachés par une couche d'un matériau de protection dans lequel l'ensemble était emballé. Kaylee dut y regarder de plus près, mais elle finit par trouver des loquets qui lui permirent d'ouvrir un petit coin de la boîte.

Elle resta en état de choc.

Deux yeux noirs brillants et un petit nez noir apparurent dans la fine ouverture. Une bouche minuscule aux dents pointues s'ouvrit pour émettre un *miaou*.

— Oh, mon Dieu, ils m'ont envoyé un chaton.

Kaylee observa la boîte à la recherche d'une sorte de message, pendant que la minuscule créature derrière les barreaux de la cage pleurait piteusement. Cependant, à part de la nourriture et des distributeurs d'eau, il n'y avait rien d'autre dans la caisse.

— Ça va aller, petit. Je vais te sortir de là dans une minute. Il faut que je sache à quoi mes idiots de parents pouvaient bien penser.

Kaylee eut besoin de quelques minutes pour calmer l'animal avant de le sortir de là et de le caler sur ses genoux. Les marques noires et fauve lui laissaient penser qu'il s'agissait d'une sorte de tigre du Bengale. Ce n'était pas un métamorphe, de toute évidence, à en juger par sa taille.

Lorsque la minuscule bête finit par se recroqueviller, formant une petite masse moelleuse sur ses genoux, Kaylee sortit son téléphone et consulta fébrilement sa boîte de messagerie.

Bien sûr, un e-mail de ses parents était arrivé à peine quinze minutes plus tôt.

· · ·

UNE CONNAISSANCE *d'un ami aux États-Unis nous a informés d'une affaire très intéressante sur ces casquettes, alors nous avons décidé de toutes les acheter et de les faire envoyer dans le nord depuis l'État de New York. Ton père prévoit d'acheter une machine à logo pour que nous lancions une boutique d'accessoires pour les amateurs de football.*

Sois gentille et laisse tout ça dans le magasin jusqu'à notre retour. Je ne pense pas que ce soit après l'automne, ou peut-être après le Nouvel An.

Tiens-nous au courant si tu réussis à trouver un boulot. Ou si tu prévois de retourner en cours. Nous serons toujours ravis de t'encourager dans ta réussite universitaire.

Bisous.

Maman et papa.

ELLE RELUT le message trois fois de plus, mais elle ne parvint pas une seule fois à y trouver la moindre logique. *Qu'est-ce que c'était que ce bordel ?* Ce n'était certainement pas une *casquette* qui était blottie sur ses genoux.

Et si tous les cartons à la maison contenaient la même chose ? Et si, en raison d'une erreur monstrueuse, ses parents avaient fait livrer des animaux vivants en pleine nature ?

Elle fixa le message, jura à voix haute, et décrocha son téléphone. Il était hors de question qu'elle reste sur son plan d'origine et ignore les livraisons. Pas si des êtres vivants pouvaient en pâtir.

Seulement, étant donné tout ce que James avait à coordonner aujourd'hui et l'importance du gala, elle ne voulait pas qu'il laisse tout en plan pour venir à sa rescousse.

Bon sang, elle ne savait même pas si elle avait besoin d'aide. Non, elle garda son sang-froid et lui dit calmement qu'elle serait en retard, sans même lui faire savoir qu'elle était en plein dans une situation des plus inattendues.

Son cœur se serra un peu à la fin de ce qui lui sembla être une conversation étonnamment raisonnable, à tel point qu'il lui envoya un baiser. Son cœur s'emballa lorsqu'elle l'imagina faire. C'était idiot. Son ours géant, tout mignon, qui mettait la bouche en cœur pour elle.

Elle remonta dans son pick-up et se dirigea vers la maison de ses parents, un bébé tigre au creux des genoux.

Il était endormi à la fin du trajet de près d'une heure. Elle décida de retirer son sweat-shirt et de laisser la créature blottie dans son nid de tissu doux. Elle gara son pick-up à l'ombre et laissa la vitre entrouverte pour s'assurer que l'animal ne craigne rien.

Puis elle s'attela aux piles de cartons devant le perron, sur le point de se retrouver en plein soleil.

Des casquettes ? Non.

Des félins ? Assurément. De toutes les formes et de toutes les tailles.

Ils avaient été expédiés dans de grandes cages spacieuses avec de l'eau et de la nourriture, mais il était grand temps de leur donner de l'espace pour se promener. Quelques bacs à litière pour chats de grande taille auraient également été bien pratiques.

Kaylee ne réfléchit pas plus de trois secondes avant de prendre une décision qui allait véritablement énerver ses parents.

Elle déverrouilla la première cage et en sortit une paire de chats siamois.

— Bienvenue à la Maison des Félins. Faites comme chez vous.

Elle ouvrit la porte de la maison et les laissa entrer.

Il lui fallut des heures, car Kaylee devait s'assurer que

chacun d'entre eux ait accès à l'eau et trouve un endroit où s'installer. En outre, elle avait fouillé la maison de fond en comble à la recherche de nourriture convenable.

Heureusement, le congélateur de ses parents était rempli de viande. Un bon filet mignon, voilà qui plairait à tout le monde.

Heureusement que Kaylee n'avait pas laissé les chats enfermés. Même si elle ne pouvait pas comprendre ce qu'ils disaient, elle interprétait parfaitement le langage corporel félin. Avoir le champ libre dans la maison modéra leur agacement, laissant place à une véritable curiosité.

— Je demanderai de l'aide dès que le gala sera terminé, promit-elle en laissant la porte du garage ouvert.

Elle avait formé le bac à litière le plus grand au monde en vidant des sacs de sable dans un enclos créé à la va-vite.

Les chats semblèrent remarquer qu'elle était presque au bout du rouleau, car par miracle, ils s'installèrent dans le calme et chacun prit possession de son territoire en divers endroits de la maison.

Chaque fois qu'elle ouvrait la porte, ils l'observaient. Des dizaines et des dizaines de paires d'yeux qui traquaient le moindre de ses mouvements. Si elle n'avait pas été un chat elle-même, elle aurait eu la frousse. En l'occurrence, elle marqua un temps d'arrêt et leur lança un regard noir à plus d'une reprise. Pas pour être méchante, mais histoire qu'ils sachent qui était le boss ici.

Les plus grandes cages contenaient des animaux sauvages presque aussi gros que James sous sa forme animale.

Kaylee croisa les bras sur sa poitrine et lança un concours de regard avec le plus volumineux d'entre eux. La fourrure bleu nuit de l'animal sauvage était tachetée comme celle d'une panthère.

Lorsqu'il cligna des yeux en premier, Kaylee lâcha un grondement net, puis ouvrit la cage. L'animal ne présenta pas de signe de résistance et marcha au rythme des foulées de Kaylee en direction de l'intérieur de la maison, où il se fraya immédiatement un chemin vers l'immense canapé.

Les autres fauves de grande taille coopérèrent aussi docilement.

Kaylee essuya la sueur de son front et remplit une autre série de gamelles avec de l'eau. Il était bien plus tard qu'elle ne l'aurait voulu, mais il y avait encore assez de temps pour qu'elle puisse se rendre au gala et rejoindre James.

Elle se retourna et s'adressa à toute l'assemblée :

— Installez-vous confortablement, je reviendrai plus tard. Pas de bagarres, les menaça-t-elle, sinon vous serez tous punis.

La panthère sur le canapé bâilla paresseusement, une patte sur l'accoudoir. Sa queue balançait légèrement et le bébé bengale jouait à l'attraper.

Kaylee se glissa dehors et verrouilla la porte derrière elle. Des voleurs auraient une très mauvaise idée en venant les cambrioler ce soir.

Elle riait encore à cette idée en tournant la clé de son pick-up. Le moteur poussa un gémissement de protestation avant de cliqueter trois fois, puis de sombrer dans le silence.

Un chapelet de jurons qui aurait rendu fier James s'échappa de ses lèvres. Kaylee ne prit même pas la peine d'essayer d'ouvrir le capot. Elle n'y connaissait rien en mécanique, mis à part que, la dernière fois qu'elle avait entendu ce bruit, cela lui avait coûté plus de mille dollars et trois semaines d'attente pour avoir toutes les pièces de rechange.

Elle n'avait pas le choix. Elle referma la portière et marcha furieusement vers le perron. Retirer ses vêtements moites fut un soulagement, en toute honnêteté. Elle empestait le chat mouillé, et ce n'était pas une odeur agréable, pour elle comme pour les autres.

Kaylee posa les pieds sur le gazon et inspira profondément. Jetant un regard vers le ciel, elle comprit que la lumière ne serait pas un problème. Ce serait plutôt la distance. Il n'y avait pas vraiment de raccourci entre la maison de ses parents et le parc des expositions. Le chemin le plus direct plaçait beaucoup d'eau sur sa route.

Elle reçut du soutien de la part d'une source des plus inattendues. Son chat intérieur soupira puissamment, mais l'encouragea malgré tout.

Tu as dit à l'ours que tu serais là. Prépare-toi à sortir les griffes, ordonna la bête.

Il y a beaucoup d'eau sur notre chemin, lui fit remarquer Kaylee.

On sait nager. Seulement, on n'aime pas ça, lui assura son chat avec conviction. *N'en fais pas une habitude. Pas même pour ce mignon poilu.*

Kaylee ricana, mais approuva, se demandant ce que James penserait de son nouveau surnom. Elle le répéta comme une promesse. *Pas même pour ce mignon poilu.*

Sur ce, elle se transforma et courut vers l'homme qu'elle aimait.

Vers l'homme qui se demandait probablement pourquoi elle n'était pas encore à ses côtés.

19

—————

Alors que l'après-midi faisait place au soir, James gardait toute confiance. Kaylee serait là. Peu importe le nombre de regards que lui jetait Alex, et peu importe qu'il ait surpris Amber avec une expression triste dans les yeux.

— Elle viendra, lança-t-il à l'humaine sans ménagement.

Amber sourit gentiment.

— Je suis sûre qu'elle a une bonne raison.

— J'espère qu'elle n'a pas d'ennuis, marmonna James en vérifiant son téléphone, comme il l'avait déjà fait un million de fois, tentant une fois de plus de lui envoyer un message.

Il était au bord du harcèlement et il détestait cela, mais en même temps, il était inquiet. Non parce qu'il avait besoin de son aide au gala ou parce qu'il essayait de trouver une solution à leur relation, même si cette histoire d'accouplement posait problème.

C'était plutôt qu'il la ressentait. Cette petite boîte d'espoir, à l'intérieur.

En plus de cela, il aurait pu jurer que quelque chose avait changé, une heure plus tôt. Comme si le ruban autour de cette boîte secrète s'était relâché et qu'il s'était approché un peu plus de ce qu'elle renfermait.

Tout de même, sa montre lui indiquait qu'il était presque vingt et une heures. Le gala se poursuivait à l'intérieur. Les pique-niques familiaux décontractés avaient fait place à la piste de danse réservée aux adultes, où le champagne coulait à flots et où les amuse-bouche hors de prix se succédaient.

Il portait un costume qui, il le savait, le mettait à son avantage. Il était superbe et avenant. Pourtant, alors qu'il se déplaçait dans la foule pour accepter les poignées de main amicales et les sourires plaisants, il remarqua également des regards curieux qui renforcèrent ses questions sur l'absence de Kaylee.

Cette incertitude le tuait.

Il rejoignit brièvement Alex et Cooper au pied de l'estrade qui menait à la scène et inspira profondément avant de fermer les yeux pour expirer longuement.

Une main lourde atterrit sur son épaule. Cooper. Solide et rassurant, comme toujours.

— Je suis certain qu'elle sera bientôt là.

Un grondement sourd échappa à Alex, suivi d'un petit cri.

James ouvrit les yeux pour découvrir son frère qui se massait l'épaule. Cooper se secouait les doigts, comme s'il venait tout juste d'utiliser son poing. Son aîné le fusillait du regard.

— C'est bon. Je suis sûr que Kaylee va bien, moi aussi, mais je suis furieux contre elle, d'accord ? admit Alex. Je déteste te voir comme ça, frangin.

— Me voir comment ? s'étonna James.

Alex haussa les épaules.

— Tu as dit que tu l'avais choisie, mais ça faisait

longtemps que je ne t'avais pas vu aussi seul qu'aujourd'hui. Ce n'est pas normal. J'adore Kaylee, mais si elle n'est pas capable d'être là pour toi, quelque chose doit changer.

Ses paroles eurent le même effet qu'un interrupteur que l'on aurait allumé. C'était la lumière qu'il lui fallait, l'élément qui lui manquait, l'idée qui lui avait échappé.

Le cœur de James se mit à palpiter, tambourinant contre sa cage thoracique. Il prit les épaules d'Alex dans ses deux mains avant de les serrer de toutes ses forces, une explosion de joie déferlant dans ses veines.

— Tu as tout à fait raison.

Alex grinça des dents au contact des mains de James. Il s'attendait probablement à se faire frapper par un ours en rogne. Au lieu de quoi, James l'attira pour lui faire un câlin chaleureux. Il le tapota entre les omoplates avant de le repousser pour attraper Cooper. Après une accolade tout aussi enthousiaste à son aîné, il s'éloigna.

— Vous êtes les meilleurs, les gars. Je le pense sincèrement.

Cooper arborait une expression méfiante.

— Qu'est-ce que tu manigances ?

— Je vais changer les choses, annonça James avant de tourner les talons.

Il gravit les marches quatre à quatre, ne ralentissant que lorsqu'il arriva au bord de la scène.

Grand-père Giles faisait son show au milieu. Les projecteurs rivés sur cet homme distingué lui donnaient l'image d'une immense rock star lors d'une tournée d'adieux à guichets fermés.

Aussi alerte qu'à l'accoutumée, il remarqua James et lui fit signe de s'avancer.

— Le voilà. J'imagine qu'il est temps pour moi d'arrêter

de vous ennuyer avec toutes mes histoires. Je vais laisser mon petit-fils continuer les festivités. James ?

Grand-père Giles lui tendit les bras pour l'accueillir. James se déplaça vers lui. Il prit la main du vieil homme et la serra pendant que, dans le public, des applaudissements polis retentissaient.

James prit le microphone entre les mains, mais alors que le vieil homme était sur le point de partir, il le retint.

— Avant de commencer, j'ai quelques mots à dire à mon grand-père.

James savait pertinemment comment manipuler un public et s'il y avait bien un moment pour le faire, c'était maintenant.

Peut-être que Kaylee n'était pas là, pourtant, en un sens, il sentait sa présence. Elle était là, dans son cœur, et même s'il devait terminer au plus vite pour quitter la scène et aller la retrouver, il avait quelque chose d'important à accomplir d'abord.

Il regarda son grand-père droit dans les yeux et lui offrit un clin d'œil pour attiser sa curiosité. Puis il se tourna face à son public.

— Vous n'avez pas tous la chance d'avoir une famille aussi soudée que la mienne. Je peux vous dire que c'est en général quelque chose de merveilleux. Même si, parfois... commença-t-il en faisant la grimace, inclinant la tête face à la foule devant lui.

Des rires étouffés lui répondirent.

— Mais entre les rares fois où nous ne nous entendons pas et les nombreuses fois où c'est le cas, il y a quelque chose qui nous unit tous. Les Joyaux Borealis sont une véritable entreprise familiale. Vous savez tous que mon frère aîné, Cooper, et mon frère Alex s'occupent de tous les détails complexes permettant de faire tourner l'entreprise au quotidien. Mes parents, bien qu'ils ne soient pas ici au Canada, font de leur mieux pour aider, en cherchant de nouvelles sources et en s'assurant que tout soit fait dans le respect de l'environnement et selon les valeurs familiales. Car c'est ce qui compte pour nous aux Joyaux Borealis.

Il y eut une nouvelle salve d'applaudissements, plus forte et accompagnée de quelques cris encourageants.

James regarda de nouveau son grand-père, ainsi que sa grand-mère qui attendait en coulisse, le visage plein de curiosité.

— Voici l'une des raisons pour lesquelles nous avons une solide éthique familiale. Cet homme, mon grand-père, c'est lui qui nous a tout appris du métier et de la vie. Il m'a appris comment raconter des blagues, comment trouver le cadre idéal à chaque occasion. Bon sang, il m'a même appris à pêcher. Avec une canne, et avec la patte. Si vous voulez une bonne histoire, demandez-lui donc de vous raconter la fois où nous nous sommes retrouvés coincés dans une crue soudaine le long de la rivière White du Yukon.

Grand-père Giles arborait un grand sourire. Il secoua la tête et agita un doigt dans sa direction.

La sensation délicieuse dans la poitrine de James s'étendait. Comme si quelque chose arrivait à son dénouement. Le besoin d'aller retrouver Kaylee grandit jusqu'à devenir une véritable pulsion à l'intérieur de son corps. Urgente. Désespérée.

Heureusement qu'il avait presque terminé. Il se devait, vis-à-vis de ses frères et de sa famille, de terminer les choses correctement.

— Oui, tout le monde a besoin d'avoir dans sa vie quelqu'un comme mon grand-père Giles. Il ne se contente pas de nous apprendre les choses, il fait partie de ces gens qui nous poussent à agir et nous forcent à faire ce qui est juste, même lorsque l'on n'en a pas l'impression sur le moment. C'est la raison pour laquelle je souhaite dire, devant vous tous : merci, Papy Giles. Merci de m'avoir dirigé, guidé et encouragé, je n'aurais pas pu y parvenir sans toi.

Il jeta un œil vers les coulisses, où Cooper et Alex s'étaient avancés au bord de la lumière. Il soutint leur regard sans sourciller. Alex semblait inquiet, Cooper solide comme un roc, comme s'il soupçonnait ce que James était sur le point de faire. Il baissa le menton en signe d'assentiment.

Alors, James inspira profondément et se tourna à nouveau vers son grand-père.

— Je présente ma démission, avec effet immédiat.

Un cri de surprise s'éleva du public. Grand-père Giles cligna des yeux, ouvrant et fermant la bouche à plusieurs reprises sans qu'un son ne s'en échappe.

Waouh. Incroyable. C'était un moment à savourer. Il n'était pas fréquent que quelqu'un parvienne à laisser le vieil homme sans voix.

Mais James n'avait pas de temps pour ça. Quelque part, Kaylee avait besoin de lui, et ce n'était qu'une étape qui le rapprochait de la bonne décision.

C'était le moment d'en finir. James s'adressa de nouveau à la foule dans l'auditorium :

— Je vais continuer de travailler pour l'entreprise, mais à un autre poste. Voyez-vous, jusqu'à présent, j'ai été un fils, un petit-fils et un frère, mais j'ai récemment reçu un nouveau titre. Je veux être en mesure de passer du temps avec ma compagne, et cela nécessite un changement. Elle est ce qui compte le plus dans mon monde. Ma famille occupe encore une place importante, mais ma Kaylee se trouve tout en haut. Je ne peux attendre de découvrir ce que me réserve chaque jour que j'aurai la chance de passer à ses côtés.

Il y eut un fracas sur le côté de la scène.

James y porta son regard pour découvrir Kaylee, à côté de ses frères.

Elle avait des feuilles dans les cheveux, de longues mèches trempées collées sur son visage. Elle ne portait qu'un léger tissu de couleur vive enroulé autour de son corps à la façon d'une toge.

De la boue maculait son visage, ses genoux et ses bras. Elle avait une tache brune au bout du nez, mais le plus important, c'était qu'elle était *là*, à le regarder, les yeux émerveillés.

C'était la plus belle femme qu'il ait jamais vue.

20

Kaylee ne se rendit pas immédiatement compte que ses pieds se déplaçaient. Elle ne ressentit rien d'autre que ce tiraillement profondément ancré en elle, qui lui disait qu'elle devait être avec James. Sur. Le. Champ.

Avec le grand ours métamorphe qui détenait son cœur, son corps et son âme.

Il lui avait fallu une éternité pour parcourir la distance entre la maison de ses parents et le parc des expositions. Le niveau de trois ou quatre des rivières qu'elle avait dû traverser avait monté de façon excessive en raison de la crue printanière, ce qui l'avait épuisée.

Puis, lorsqu'elle s'était de nouveau transformée, la seule chose qu'elle avait pu trouver à enfiler avait été la bannière accrochée au portail d'entrée. Elle n'était pas en mesure de faire la difficile, alors elle l'avait arrachée des attaches, enroulée autour de son corps, puis elle avait couru vers l'auditorium juste à temps pour entendre James tout abandonner pour elle.

Ce n'était pas ainsi qu'elle avait prévu de booster sa

confiance en elle si chancelante. Elle était censée être parfaitement apprêtée et vêtue comme une princesse, mais ce n'était pas grave.

Rien n'était grave, parce que James se tenait devant elle, les yeux emplis d'amour, les bras tendus.

Et puis, zut ! Elle n'avait personne d'autre à impressionner que lui et il allait très clairement se sacrifier comme un abruti si elle ne se bougeait pas.

Elle s'élança sur la scène, ses pieds laissant des empreintes mouillées derrière eux.

Le regard de James ne flancha pas, mais son sourire s'agrandit et il leva la main pour couvrir sa poitrine, les doigts écartés comme s'il cherchait à contenir son cœur.

Il y avait un million de choses qu'elle aurait pu dire. Il y avait un million de choses qui auraient dû l'inquiéter, mais pas une seule ne comptait, ne fût-ce qu'un peu, au regard de la seule chose qui occupait ses pensées.

Elle s'arrêta pile en face de lui et le regarda droit dans les yeux :

— Je t'aime, James Borealis.

Il retira sa veste de costume et en entoura ses épaules, maintenant le contact entre eux. Elle ressentait sa chaleur corporelle à travers les épaisseurs de tissu.

— Ça tombe bien, parce que je t'aime aussi.

Des ondes de choc et de joie la traversèrent, mais ce ne fut pas suffisant. Kaylee inspira profondément et lui vola le micro des mains.

— Grand-père Giles ?

Le vieil homme n'était qu'à quelques mètres de là, tout son visage empreint de malice.

— Oui, ma chère ?

— J'aurais besoin que vous fassiez semblant de ne pas avoir entendu un seul mot prononcé par James au cours des cinq dernières minutes. Enfin, vous pouvez garder en mémoire la partie où il a dit qu'il m'aimait, mais pas ces inepties sur une quelconque démission.

Elle prit une grande inspiration, rassembla son courage et se tourna face au public.

Étonnamment, elle ne vit rien d'autre que de l'obscurité, l'éclairage de la salle l'éblouissant. Elle en fut un peu aveuglée, pourtant même si elle avait pu voir chaque visage, elle aurait désormais eu le courage de les affronter.

— Bonjour tout le monde, j'imagine que vous êtes là. Si je pouvais avoir votre attention, s'il vous plaît. Je voudrais également que vous fassiez semblant de ne pas avoir entendu cette partie. Bien sûr, James ne va pas renoncer à son poste aux Joyaux Borealis. C'est le meilleur porte-parole dont ils puissent rêver et il connaît sur le bout des doigts l'histoire de l'entreprise et la direction qu'elle prend vers l'avenir. Si quelqu'un parmi vous a des questions ou souhaite organiser un événement promotionnel, vous feriez bien de prendre rendez-vous rapidement avant qu'il n'affiche complet.

Il y eut de grands éclats de rire et quelques voix distinctes, pourtant, plutôt que de la paniquer, cela lui donna l'impression de partager des histoires dans le noir avec James.

Ces jours si lointains où ils avaient l'habitude de camper dans le jardin, où elle dormait dans la tente et où il s'allongeait à l'extérieur pour pouvoir prendre sa forme d'ours sans abîmer les fermetures éclair.

Elle ne pouvait pas le voir à ce moment non plus, mais lorsqu'ils veillaient tard pour se raconter des histoires et partager leurs secrets, elle avait toujours eu la certitude qu'il était là. À la protéger. À s'occuper d'elle.

À apprendre comment l'aimer.

Chaque bribe de leur passé rendait plus facile ce qu'elle avait à dire.

— Vous feriez d'ailleurs bien de faire vos réservations le plus tôt possible, car une partie de ce qu'il a dit était vraie. J'espère pouvoir voler plus de son temps. Voyez-vous, James essayait d'être galant par égard pour moi. C'est pour ça qu'il allait abandonner le travail pour lequel il est fait, mais c'est à moi de faire ce qui est juste. D'une façon ou d'une autre, je vais trouver le moyen d'être à ses côtés et de l'aider. Je sais que je peux le faire, parce que James m'a dit que j'en étais capable.

Elle se tourna vers lui. James, qu'elle pouvait voir parfaitement bien. James, qui était le centre de son univers, maintenant et pour toujours, comme il était censé l'être.

— Ce n'est pas une découverte récente. Tout a commencé il y a des années. Tout ce qu'il a fait et tout le temps que nous avons passé ensemble m'ont montré à quel point il tient à moi et combien il est fier de moi pour tout ce que j'ai accompli. Il est certain que je suis en mesure de réaliser tout ce que je décide de faire.

James s'approcha d'elle.

Kaylee prit une grande inspiration.

— Parfois, cela fait peur de passer de l'autre côté de l'appareil photo ou de se lancer dans une nouvelle relation. Mais quand votre meilleur ami vous dit que vous avez le courage de le faire, vous devez bien le croire.

Le flot de rires qui se détacha de l'obscurité lui fit l'effet d'une explosion de feux d'artifice, mais Kaylee y prêta tout juste attention, car James avait attrapé ses doigts entre les siens. Il tira son corps à lui et glissa un bras autour de son buste pour la retenir fermement.

— Ça veut dire que tu vas arrêter de te disputer avec moi ? la taquina-t-il d'une voix douce.

Elle éteignit le micro.

— Dans tes rêves, Borealis.

James inclina la tête.

— Alors, qu'est-ce que tu es en train de dire, Banks ?

— Je pense... commença-t-elle en levant la main vers la poitrine de James jusqu'à ce qu'elle repose contre son cœur qui battait aussi vite que le sien. Je pense que je suis parfaite pour toi, même si je ne suis pas ta compagne. Je suis à toi, tu es à moi. Je *choisis* d'y croire à cent pour cent. Je vais faire tout mon possible pour t'aimer de tout mon cœur. Toujours...

Une tempête soudaine frappa la scène. James l'attrapa et protégea sa tête contre son corps alors qu'un tourbillon surgissait de nulle part. Les cheveux de Kaylee voletèrent autour d'eux, les lumières crépitèrent et il y eut une vibration sous ses pieds qui fit trembler leurs corps.

À l'intérieur de Kaylee, quelque chose fut chamboulé. Un jeu de dominos qui tombaient en spirale vers l'extérieur, jusqu'à ce que la sensation de picotement qui avait démarré en plein dans son cœur atteigne ses doigts et ses orteils et s'étende vers James, comme pour l'attraper dans une toile d'araignée. Tous les deux, ensemble. Serrés l'un contre l'autre, tout près...

Non.

C'était bien plus que cela. Ils étaient connectés. Ensemble.

Ils ne faisaient qu'un.

Oh, waouh.

Le sourire de James se fit encore plus grand, si tant est que ce fût possible.

— Bordel de merde.

Ils n'étaient clairement pas seuls, car des applaudissements spontanés s'élevèrent dans leur dos, résonnant contre les murs de l'auditorium et emplissant tout l'espace dans un grondement chaleureux.

Rien de tout cela n'avait d'importance, car tout ce que Kaylee ressentait, c'était lui. Connecté à elle, de toutes parts. Ils étaient enveloppés, ensemble au beau milieu de la tempête.

Elle s'agrippa à l'avant de sa chemise.

— James ? Ça veut-il dire que... ?

Que nous sommes accouplés ? continua-t-il, sa voix résonnant dans sa tête et lui donnant envie de pleurer de pure joie. *On dirait bien.*

Elle fut prise de vertige lorsqu'elle essaya de répondre à cette connexion toute nouvelle, incroyable et invraisemblable entre eux.

Allez, dis-moi que tu m'avais prévenue.

Il glissa sa main derrière sa nuque et emmêla ses doigts dans ses cheveux décoiffés. Son nez vint frôler le sien. Leurs lèvres se touchaient à peine. Le vent s'agitait encore dans leurs dos.

Je t'ai dit que je choisissais de te garder pour toujours. Je pense que tu as une grande dette envers moi pour ça.

Comment était-il possible qu'elle entende son ton moqueur, même dans ses pensées ?

Elle enroula ses bras autour de lui et pressa fort leurs corps l'un contre l'autre.

— Je pense que je vais pouvoir trouver quelque chose sans problème, promit-elle.

Il recula et elle rit à haute voix, couvrant aussitôt sa bouche de sa main.

James fronça les sourcils :
— Quoi ?

Elle leva la main pour retirer la boue de son nez.

— Tu es dans un état pitoyable, et je t'aime, lui souffla-t-il.

Il attrapa ses doigts et l'attira sur le côté de la scène. Le tourbillon surnaturel s'apaisa, laissant les papiers de l'estrade dispersés sur le plancher de la scène derrière lui.

Grand-père Giles vint à leur rencontre, arrangeant le chaos sur son chemin. Sa veste de costume et sa cravate étaient froissées, et il les remit en place en hochant la tête pour marquer son approbation envers James et Kaylee.

Puis il leur fit signe de partir, comme s'il chassait un chat indiscipliné de la pièce...

Oh. Les chats.

Kaylee tira sur le bras de James tandis qu'ils s'éloignaient de la scène sous une pluie d'applaudissements.

— Nous allons avoir besoin d'un peu d'aide, le prévint-elle. Tu ne vas jamais croire la raison de mon retard.

Déposant un baiser sur le dos de sa main, il la guida vers ses frères.

— Je savais que tu avais une bonne raison, mais surtout, je savais que tu viendrais à moi.

Cooper la souleva et la fit tournoyer, la serrant avec force avant de poser un baiser fraternel sur son front et de la reposer au sol.

— Bienvenue dans la famille, même si tu as toujours été comme une petite sœur pour moi.

— Un peu agaçante, beaucoup même... déclara Alex platement en faisant la grimace. Tout d'abord, je te présente mes excuses, James. J'avais tort, et j'en suis heureux.

Kaylee attendit pendant que les deux frères échangeaient une poignée de main, comme si un sombre sentiment venait de disparaître.

Alex se tourna vers elle et abandonna son sérieux pour afficher une mine plus légère.

— Petite sœur. Je suis ravi que tu sois avec ce crétin, mais la prochaine fois que tu auras besoin d'aide, *demande-la*. Si tu as un problème, *nous* avons un problème aussi, tu comprends ? C'est pour ça que la famille est là.

La gorge de Kaylee se serra de nouveau.

— Merci. Tu pourrais bien regretter ça demain, cela dit, le prévint-elle en pensant à la façon dont tous les chats allaient réagir lorsque trois ours polaires débarqueraient.

Alex lui offrit une brève étreinte, puis James l'embarqua avec lui, la conduisant à travers des passages secrets et des recoins obscurs.

Les voix et les bruits de la fête s'effacèrent dans le fond. Kaylee s'accrocha fermement à sa main chaude et le suivit là où il souhaitait l'emmener.

Le lendemain, ils devraient trouver un endroit pour héberger les dizaines de félins. Le lendemain, elle devrait chercher à faire réparer son pick-up délabré, encore une fois. Et peut-être pas dès le lendemain, mais dans un proche avenir, elle devrait avoir une longue conversation avec ses parents pour leur expliquer ce qu'ils pouvaient et ne devaient pas lui demander de faire sans contrepartie.

Mais tout cela relevait de l'avenir.

Pour l'instant, elle se rendait dans un endroit secret avec son compagnon. Dans un endroit où ils seraient seuls.

Son compagnon. Oh, mon Dieu, son *compagnon*.

Ils venaient juste de sortir à découvert lorsque Kaylee l'arrêta. Un instant plus tard, elle s'enroula autour de lui et sentit un rire monter de sa gorge. Elle s'accrochait à James comme si elle ne devait jamais le laisser partir.

Il tint son visage entre ses mains.

— Je suis tellement heureux que le destin ait enfin repris ses esprits.

— Tu pensais vraiment que le destin avait son mot à

dire alors que James Borealis avait fait son choix ? commenta Kaylee en secouant la tête.

Il rit.

— Peut-être que le destin n'avait déjà plus aucune chance dès l'instant où Giles Borealis a dicté sa loi en premier lieu.

— Ton grand-père est un homme merveilleux et autoritaire, *qui se mêle de ce qui ne le regarde pas*, continua-t-elle en souriant devant le brasier qui s'était allumé dans le regard de James. Même si je ne vais pas lui révéler ses bons côtés. Il n'a pas besoin d'autres raisons de se la péter.

James hocha la tête avec conviction.

— Quoi qu'il en soit, nous étions faits l'un pour l'autre. Impossible de prétendre le contraire.

Alors qu'ils se tenaient là, sous le soleil de minuit, une légère brise souleva les cheveux de James et il se pencha vers elle :

— J'ai hâte de passer le reste de ma vie à te le prouver, à toi, au destin, et au monde entier.

Sur ce, il l'embrassa.

ÉPILOGUE

Alex Borealis était fatigué, de mauvais poil et frustré. Le parfait cocktail d'émotions pour conduire un homme faible à commettre une terrible erreur.

Oh, il savait exactement comment il souhaitait se débarrasser de l'adrénaline dans son organisme, mais vu qu'il se vantait d'avoir de la discipline, ce dont il avait envie n'allait pas se produire.

C'était hors de question. Il n'allait pas laisser une paire d'yeux marron scintillants et des taches de rousseur dorées l'induire en erreur. Au lieu de quoi, pour s'occuper, il se plongea dans le dur labeur consistant à ranger le désordre occasionné par la fête.

Il était plus de deux heures du matin lorsque les derniers invités quittèrent le bâtiment. Il y avait encore des véhicules garés sur le parking qui attendaient d'être récupérés le lendemain. Des invités qui avaient un peu trop bu et décidé de ne pas prendre le volant pour rentrer chez eux. Ils s'étaient transformés, créant une foule d'ours, de félins et de loups éméchés qui titubèrent sur le bitume avant de disparaître entre les arbres.

Alex les observa partir d'un regard presque désapprobateur. Il n'avait rien contre le fait de prendre un peu de bon temps, mais il y avait un moment et un lieu pour l'excès, et ce n'était clairement pas ici ni maintenant.

Il arriva à l'angle du mur et s'arrêta brusquement en croisant une équipe de nettoyage qui rangeait les dernières tables de l'auditorium.

— Amber. Ce truc est trois fois trop gros pour toi, la gronda-t-il en se précipitant vers elle.

Il en attrapa le bord et essaya de le lui arracher, sans succès.

Tout ce qu'il obtint en échange fut un regard agacé.

— Je lui ai déjà dit d'arrêter, mais elle écoute les ordres aussi bien que toi, expliqua Cooper sèchement. C'est-à-dire, *pas du tout*.

— En voilà un commentaire à faire au sujet de ton assistante personnelle, rétorqua Amber d'une voix saccadée. Je vis pour te servir.

Cooper lui tourna le dos rapidement et Alex ravala un ricanement. Il ne pensait pas qu'Amber ait remarqué que son grand frère avait rougi à ces mots.

Cooper avait besoin de sortir prendre l'air si le commentaire innocent de la petite humaine lui faisait un tel effet.

Oublie Cooper. On en a besoin aussi, se plaignit son ours. *Où est la louve ?*

La ferme, répliqua Alex à sa moitié intérieure.

La bête grogna, mais garda le silence.

Quinze minutes plus tard, il eut le rapport final de presque toute son équipe de sécurité, à l'exception d'une personne. Il escorta Cooper et Amber vers la sortie et verrouilla la porte derrière eux.

Il était en train de retourner vers le bâtiment lorsque sa radio s'alluma.

— Alex, aboya-t-il.

— J'ai presque fini.

Les dernières vérifications étaient quasiment terminées.

— Je dois balayer rapidement les escaliers de l'auditorium, expliqua son interlocuteur.

— Je vais m'en occuper, proposa Alex. Je suis là.

— Merci patron, soupira l'homme joyeusement. Bonne soirée. Je suis vraiment content pour votre frère.

— Oui, c'est une bonne chose, répondit Alex avant d'éteindre sa radio.

Il marcha à un rythme soutenu pour achever le dernier contrôle.

Il avait descendu trois étages lorsqu'il se rendit compte que l'odeur qu'il percevait se faisait plus forte. L'odeur qui l'avait subtilement rendu fou depuis des jours, depuis qu'il s'était retrouvé coincé sur la banquette à côté de Lara Lazuli.

La colère monta en lui, en partie contre elle, mais surtout contre lui-même. Ce parfum lui donnait envie de la soulever et de la plaquer contre la surface la plus proche. Pas pour la blesser, mais pour arracher ses vêtements et la prendre comme s'il était une sorte d'animal sauvage.

Hummm, gémit son ours.

La ferme ! rétorqua Alex.

Il se retrouva soudain face à elle, juste là, au rez-de-chaussée, près des portes de sortie.

— Qu'est-ce que tu fous là, au juste ?

Lara pivota, les yeux écarquillés, ses cheveux argentés noués en une tresse virevoltante qui vint atterrir sur sa poitrine.

— Toi ?

Il fonça sur elle comme un éléphant déchaîné.

— Qu'est-ce que tu as, à te tapir dans les coins ? Tu cherches des renseignements sur les Joyaux Borealis ?

— Non, répondit-elle rapidement. J'aidais Amber tout à l'heure, et j'ai enlevé mes chaussures. J'ai dû revenir les chercher.

Une paire de talons de dix centimètres pendaient au bout de ses doigts, composés de fines lanières argentées et de boucles scandaleusement sexy. Il s'imagina avec ces chaussures aux pieds et son corps se tendit plus qu'il ne voulait l'admettre.

— Je travaillais avec Amber, et tu n'étais pas là, grogna-t-il en se rapprochant d'elle.

— Oui, parce que tu étais certainement dans les toilettes des filles où quelqu'un a eu la brillante idée de dessiner des cœurs sur les miroirs avec du rouge à lèvres. Oh, je parie que tu te cachais dans une des cabines pendant que je grimpais sur le lavabo pour aider à nettoyer les miroirs en les frottant.

Il baissa le regard. Il y avait de petites traces sur les genoux de son bermuda.

Alex lui attrapa la main et un hoquet échappa à la jeune femme lorsqu'il la souleva vers son visage. Il retourna sa paume vers le haut et hésita en découvrant de légères traces rose clair sous ses ongles.

Il croisa son regard.

— Pourquoi voudrais-tu aider à nettoyer les dégâts d'un événement des Joyaux Borealis ?

— Parce que je passais du temps avec une amie et qu'elle avait besoin d'un coup de main. Alors, j'ai décidé de ne pas être vache et de ne pas lui laisser faire le boulot toute seule si je pouvais l'aider.

Elle tira sur son bras comme pour essayer de lui faire lâcher prise.

— Mais j'imagine que c'est un concept qui t'échappe. Aider une amie.

Le nœud dans ses tripes redoubla de tension. Il s'était comporté comme un vrai con et il le savait. Mais c'était cela ou admettre à quel point il avait envie de cette femme, la dernière personne sur Terre avec laquelle il devrait pourtant être.

— Lâche-moi, dit Lara doucement, comme si toute fureur l'avait quittée.

Elle avait la tête basse. Aussi incroyable que cela puisse paraître, il fut pris d'une immense inquiétude.

— Qu'est-ce qui ne va pas ? demanda-t-il.

Elle secoua la tête.

Bon sang. Il fit le rapprochement et arriva à une conclusion qui ne lui plaisait pas. Il était prêt à parier qu'elle les menait en bateau. D'abord Amber, maintenant lui.

Peut-être était-ce le moment de lancer un petit appât. Il caressa le dos de sa main avec son pouce, et sa douceur tendit son corps tout entier d'envie. Il refoula ses désirs et se concentra sur ce qu'il devait faire. Il devait s'assurer que les Joyaux Borealis soient hors de danger.

— Ça ne me dérange pas d'aider une amie.

Lara se crispa. Elle releva la tête lentement jusqu'à croiser son regard.

— Vraiment ?

Il répondit d'une voix presque intime, l'incitant à partager ses pensées :

— Bien sûr. Dis-moi, il se passe quelque chose, n'est-ce pas ?

L'espace d'un instant, ses yeux s'adoucirent. Au lieu de s'éloigner, ses doigts s'enroulèrent autour des siens comme si elle voulait rester près de lui, comme si l'envie qui hurlait dans ses veines de la déshabiller et de la faire sienne l'avait atteinte également.

Du désir à l'état pur, l'envie d'en avoir plus.

Elle ouvrit la bouche et, avant qu'elle ne dise quoi que ce soit, une sensation de victoire lui parcourut l'échine. Elle allait cracher le morceau, et il ne s'était pas vraiment engagé à quoi que ce soit.

Lara devint absolument immobile. Son regard chancela.

Elle s'humecta les lèvres. Lentement.

Cette fois, il ne put résister. Il fixa sa bouche du regard avec avidité. Si près d'elle, il pouvait imaginer l'effet que cela ferait d'avoir sa langue contre la sienne. Le goût qu'elle aurait.

Ce qu'il pourrait oser pour les faire hurler tous les deux.

Sans prévenir, elle bougea. Elle se pressa contre lui et empoigna ses cheveux. Quelque chose dégringola sur le sol – ses chaussures, peut-être ? – lorsqu'elle l'embrassa avec fougue, animée par un feu ardent, brûlante de désir avant qu'il ne réagisse.

Et il réagit. L'instant d'après, ils luttaient pour garder le contrôle alors qu'il lui rendait son baiser comme s'il était soudain possédé.

Au diable la raison. Il la souleva et plaqua son corps contre le mur le plus proche. Son ours intérieur gronda de plaisir, triomphant.

Tu vois ? Animal. Continue...

Alex ignora la bête de son mieux et glissa un pied sur le côté lorsque son bras cogna le système d'interphone du bâtiment. Puis il n'y eut plus que le goût de Lara qui inondait tout son être. La tension sexuelle grimpa à toute vitesse jusqu'à le rendre quasiment fou de désir.

Lara griffa ses épaules et s'efforça de déboutonner sa chemise. Il se pencha et lécha la peau de son cou avant de la mordiller. Elle lâcha un petit cri, enfouissant ses ongles dans sa peau assez fort pour y laisser des marques, ce qui ne fit que rendre la situation plus torride encore.

Alex jura et écarta ses lèvres.

— C'est mal. C'est très mal, mais putain, j'ai envie de toi.

Elle se tortilla et il la reposa. Puis ses mains se posèrent sur la taille de James et elle défit le bouton et la fermeture éclair de son pantalon, qu'elle baissa sur ses hanches. Elle le poussa contre le mur du fond, au pied des escaliers.

Il se cramponna à la rambarde dans son dos pour garder l'équilibre. Il avait un pied sur la première marche et l'autre sur le palier lorsque Lara plongea la main dans son boxer et que ses doigts se refermèrent autour de son membre rigide.

Alex pencha la tête en arrière, contre le mur, pendant qu'elle s'attaquait à son sous-vêtement.

C'était peut-être mal, mais il ne pouvait en aucun cas lui dire d'arrêter. Le plaisir s'empara de son corps alors même qu'il luttait pour reprendre le contrôle. Elle était appuyée contre son flanc, une main dans son dos, mais c'était son autre main qui avait capté l'intégralité de son attention, parce que...

Putain de merde.

L'instant d'après, Lara s'arracha à lui. Elle s'arrêta un mètre plus loin et le fixa avec une expression indéchiffrable. Sa poitrine palpitait alors qu'elle cherchait à reprendre son souffle. Elle était tout ébouriffée et des mèches de cheveux s'échappaient de sa queue de cheval. Ses habits étaient dans un sale état et ses chaussures sur le sol à ses pieds.

Des pieds nus aux ongles rose clair.

— Viens là, lui ordonna Alex en cherchant à l'atteindre...

Mais ses mains étaient bloquées dans son dos.

Il gronda en baissant le regard pour découvrir qu'il était menotté. Une menotte était attachée à chacun de ses poignets, et la chaîne entre elles était coincée sur la rampe en métal qui bordait les escaliers.

— Qu'est-ce que c'est que ce bordel ? s'écria-t-il en se jetant vers elle.

Tout ce qui en résulta fut une vive douleur dans ses épaules.

— Ce sont tes menottes. À toi de te débrouiller, expliqua-t-elle en se baissant pour attraper ses chaussures, coiffer ses cheveux et remettre en place ses vêtements. Je suis ravie que tu sois prêt à aider tes amis. Mais vu que tu n'as pas dit que j'étais *incluse* dans tes amis, peut-être que nous devrions considérer cela comme une erreur. Je te souhaite une bonne soirée.

Sur ce, elle se dirigea vers la sortie avant de s'arrêter pour remettre ses chaussures. Ce n'était pas normal que son sexe palpite alors qu'il la regardait enfiler ses talons aiguille d'allumeuse.

— Tu ne t'en sortiras pas comme ça, la prévint-il.

— Je ne comptais pas m'en sortir, répliqua-t-elle doucement.

Presque tristement.

Elle jeta les clés de ses menottes à ses pieds et se faufila par la porte.

C'était une situation impossible. Avec les mains dans le dos, Alex ne pouvait pas attraper les clés pour se libérer. Son pantalon glissa encore plus vers le bas, échouant autour de ses chevilles.

C'était un beau gâchis.

À travers la vitre fine de la porte de sortie, il l'observa se diriger vers une Maserati rouge pétard garée à côté de sa Porsche noire. Lorsqu'elle entra dans le véhicule, il se jura que c'était la dernière fois que Lara Lazuli aurait le dessus sur lui. Il n'avait pas la moindre idée de la façon dont elle était parvenue à fouiller sa poche sans qu'il s'en rende compte...

Mais bon Dieu, on pouvait dire qu'il avait été légèrement distrait.

Voilà un autre sujet. Un jour, ils termineraient ce qu'ils avaient commencé, aussi sûr que son nom était Alex Borealis.

Un bruit se fit entendre et il cligna des paupières, surpris, jusqu'à se rendre compte qu'une lumière verte clignotait sur l'interphone du mur derrière lui. Il était assez proche pour pouvoir appuyer sur le bouton s'il se penchait en avant et utilisait son nez.

C'était un peu étrange, mais au moins, cela fonctionna.

— Quoi ?

— Alex ? demanda son grand-père, un peu trop jovial étant donné l'heure.

— *Quoi* ? répéta-t-il d'un ton bourru.

— C'est comme ça que tu t'adresses à ton grand-père ? s'indigna Grand-père Giles. Je vais partir du principe que tu es fatigué de la journée pour ne pas te tenir rigueur de ton impolitesse. Je voulais quand même faire le point et je me suis dit que tu serais le seul à répondre à l'interphone à cette heure. Je suis content de t'avoir attrapé avant que tu quittes le bâtiment.

Alex jeta un regard vers le sol, puis vers ses mains coincées dans son dos.

— Oui, je risque d'être là encore un peu.

— Je ne vais pas te déranger longtemps. Ta grand-mère et moi, nous allons nous coucher, mais je voulais te dire qu'elle m'a demandé de prendre la semaine prochaine en congé. Et tu sais à quel point j'aime ta grand-mère. Je ferais n'importe quoi pour cette femme.

— Même me refiler un boulot que tu aurais dû faire ? demanda Alex d'une voix traînante.

— La réunion de demain à quatorze heures, admit Grand-père Giles. Tu cherches toujours des informations sur la façon d'améliorer la sécurité et c'est exactement ce que cette réunion va t'apporter. Tu es toujours à la pointe du progrès. C'est ce qui m'a toujours plu chez toi, Alex. Tu n'es pas le genre de gars qu'on surprend la culotte baissée, pour ainsi dire.

Alex inspira profondément, ignorant l'ironie de son commentaire.

— Bien sûr, je peux me rendre à la réunion pour toi. Quatorze heures, ça ira.

D'ici là, il aurait le temps de s'arracher les poignets au besoin, s'il n'avait pas d'autre solution pour retirer les menottes.

— Avec qui est la réunion ?

— Tu vas devoir être sur tes gardes, mon garçon. Elle est rusée, celle-là. On ne sait jamais ce qu'il se passe avec le reste de cette famille, et elle est probablement fourbe au possible, mais en ce qui concerne la sécurité, elle est brillante.

Ce n'était pas le soir pour cela.

— Papy, arrête de tourner autour du pot. Comment s'appelle-t-il, ce modèle d'intelligence ?

— Lara Lazuli. N'oublie pas. Quatorze heures. Ne sois pas en retard.

À travers le hublot de la porte de sortie, les feux arrière

de la Maserati se faisaient de plus en plus faibles tandis qu'elle s'éloignait. Alex la fixa du regard, une pulsion vive s'emparant de tout son être, l'esprit empli de vengeance et de désir charnel.

— Je ne raterais ça pour rien au monde.

~

Une compagne… sinon rien !

Quand le patriarche intrusif et déterminé de la famille leur impose une loi, les trois petits-fils de Giles Borealis, des ours polaires métamorphes, acceptent de suivre son décret. Cependant, James, Alex et Cooper ont chacun un plan bien différent en tête pour gérer la fièvre d'accouplement qui ne va pas tarder à se manifester. Seront-ils capables de lutter contre le destin ?

Spoiler : absolument pas !

~

La Fièvre des Ours
tome 1 : Une compagne convoitée
tome 2 : Une compagne insoupçonnée
tome 3 : Une compagne prédestinée

~

Vivian fait actuellement traduire ses nombreuses séries. Merci de consulter son site web pour toutes les dernières informations.
www.vivianarend.com/fr.

À PROPOS DE L'AUTEUR

Avec plus de 3 millions de livres vendus, Vivian Arend est une auteure de best-sellers figurant aux classements du New York Times et de USA Today. Elle a écrit plus de 70 romances contemporaines et paranormales.

Ses livres sont des romans intégraux qui peuvent se lire indépendamment de toute série et ne se terminent pas sur un suspense. Ce sont des histoires pleines d'humour et d'émotions, avec des moments sensuels et des fins heureuses. Vivian estime avoir le plus beau métier au monde. Elle habite en Colombie Britannique, au Canada, avec son mari depuis plusieurs années (l'inspiration de chacun de ses héros et un compagnon volontaire pour toutes sortes d'aventures).